Anne Duden
Das Judasschaf
Rotbuch 307

Anne Duden

Das Judasschaf

Rotbuch Verlag Berlin

1.-6. Tausend

Umschlag: Ausschnitt aus
Vittore Carpaccio, Grabbereitung Christi
Satz und Druck: Poeschel & Schulz-Schomburgk, Eschwege
Gesetzt aus der Korpus Janson Linotype

ISBN 3 88022 307 6

Die Arbeit der Autorin am vorliegenden Text wurde durch den Deutschen Literaturfonds e. V. gefördert

1.
E guerra e morte

2.
Panorama Berlin

3.
New York, mit einem Schrei

4.
Der anhaltend letzte Blick

Für V. C.

1.
E guerra e morte

Von einer nahen Höhe kam ein ununterbrochener scharfer Luftstrom. Mir ist ja schon ganz kalt. Er blies gezielt auf eine Stelle der Schädeldecke, als läge keine Schicht Haar darüber und keine Haut. Beim Auftreffen auf diese Stelle zerteilte sich der Strom unaufhörlich in ein Bündel mehrerer kleiner Ströme, die den Nacken hinunterflossen und sich von dort in einem weitverzweigten Netz über den ganzen Rumpf ergossen, sich wieder zusammenzogen, um die Beine passieren zu können, und sich schließlich unter den Fußsohlen sammelten. Sie war in etwas tief Eingesunkenes verkeilt und darin bei aller Kälte so gut und fest aufgehoben, daß Versuche der Entwirrung und Befreiung nicht gelohnt hätten. Ich werde die Augen nie wieder aufkriegen unter dieser Wucht des Durcheinanders. Es rauschte und redete, wisperte und schrillte, kurz, langgezogen, abgehackt, fortfahrend. Mit allem anderen wurde die Masse des Körpers leicht geschüttelt, gewiegt, ans Rückgrat gepreßt.

Drei Männer, die ich kenne und von denen einer der Anführer ist, sind sehr beschäftigt. Sie zersägen und zerlegen den toten Körper eines Schwarzen. Nein nein, er war schon tot. Accidental death. Sie spalten und zerhakken ihn, bereiten die einzelnen Teile zu. Saubere Schnittflächen, geglättete Knochentrennungen, wie für das Schaufenster eines Fleischerladens. Fleischplacken und -fladen, Knochenhäufchen. Auf einmal beschuldigt mich der Anführer, ich lasse heimlich Stücke verschwinden, sammle Indizien, um sie zu verraten. Ich verteidige mich verschämt und mache passiv bei allem weiter mit. Die Männer werfen jetzt die aufgehäuften Knochenstücke in einen Mülleimer, und ich jage durch die verdunkelten Straßen einer Stadt und werde gejagt und weiß nicht von wem. Mitten auf ein großes, von lichtlosen Gewölben überdecktes Feld. Die Gewölbe werden von einer plötzlich einsetzenden, gewalttätigen Beschallung weggesprengt. YOU MAY SMOKE NOW AND LEAVE YOUR SEAT IF YOU WISH.

Ich war jetzt irgendwo angekommen mit meinem Gepäck, inmitten eines Sumpfgeländes und einer vollkommenen Schattenlosigkeit und grellen Wärme. Obwohl ich unter einem Vordach stand und mich noch gut hielt, taumelten die Blicke immer wieder aus mir heraus, versuchten, sich auf Wasserflächen zu legen und an Gesichter zu heften oder wenigstens eine ruhige Horizontlinie entlangzugleiten. Aber die Helligkeit ließ nichts zu, keinen Ort und keinen Aufenthalt. Es drängte sie zurück in die Augenhöhlen, drückte auf die Augäpfel, beschoß sie mit dem Licht, bis sie hinter einem schmerzenden und zuckenden Stirndamm ausgelaufen nur noch in den Höhlungen schwammen. Erst vom Bus aus begannen sie sich wieder zu verfestigen.

Wenn ich hier wegbleibe, kann mir nichts mehr passieren. Aber draußen rollte das Übliche ab. Leben. Es ging in eine bestimmte Richtung, die der Busfahrer kannte. Zuerst vorbei an einem weiten Platz mit festgetretener Erde und vereinzelten Grasbüscheln. An seinem Ende Schwarzpappeln in vollem Laub. Hier ist schon Frühsommer. Das Grün. Sie starrte auf das gelbliche Grün, den Glanz auf jedem einzelnen Blatt; der Bus riß sie los, weg davon. Sie drehte sich noch um zu den Bäumen. Aber schon tauchten die nächsten auf, und Weiden, zu Stümpfen heruntergestutzt, und Gräben, in denen Wasser schillerte, einmal sogar ein Springbrunnen mit aufschießenden dünnen und oben sich einander zuneigenden Wasserstrahlen. Und blühende Schneeballstauden, Fliederbüsche, kleine Bäume mit weinrotem erstem Laub. Und das war Aronsstab, das steife Weiß, das dunkle harte Grün. Brennesseln, Schachtelhalm, Sauerampfer, Hahnenfuß. Dicht an dicht. Kein Platz mehr zwischen ihnen. Schon das alles wiederzuerkennen ist der Fehler. Ich habe zu wenig gehandelt und zu viel gefühlt. Ihre Blicke hakten sich in jedem neuen Grün fest, sie wollten nichts wieder loslassen. Aber der Bus fuhr weiter und ließ immer mehr hinter sich, bis sie nicht mehr auseinanderhalten konnte, ob alles schon vorbei war oder ob sie es immer noch und immer wieder neu sah.

Einmal hatte sie in größtem Elend auf ihrem Bett gelegen. Sie war noch jung und das Elend begann sich ab etwa acht Uhr früh abzuzeichnen. Wenn sie auf die abgeschrägte Wand über ihrem Bett sah, fing diese sofort an, sich auf sie zuzubewegen, halb sich neigend, halb fallend. Wenn sie schnell die Augen schloß, um das zu vermeiden, stürzte etwas aus dem Innersten ihres Körpers hoch und wollte raus. Bis sie es nicht mehr zurückwürgen konnte und die Augen aufreißen mußte. Sie kotzte bis zum Abend, auch dann noch, als eigentlich nichts mehr hätte kommen können. Zum Schluß wurden Hände und Füße kalt und erstarrten in einer Krampflähmung, aus der sie alleine nicht mehr herausfand. Der Mann, der sich zu ihr gelegt hatte und neben ihr eingeschlafen war, begriff auf einmal. Er brachte sie ins Krankenhaus. Im Taxi, vor dem Taxi, vor dem Krankenhauseingang, immer weiter erbrach sie sich. Und unmittelbar unter ihren Brüsten, fast noch zwischen ihnen, gleich hinter der Haut, saß ein fester, abgekapselter harter Schmerz. Sie fühlte, daß er nur ein kleiner Ort war im Vergleich zu

ihrer Körpergröße und -ausdehnung; aber er zwang jede Einzelheit durch sich hindurch, jedes Ein- und Ausatmen, jedes Körpersegment, jedes Haar, jeden gelebten und endlos zersplitternden Augenblick. Alles was ich war, mußte durch diesen Engpaß, und hatte es ihn passiert, mußte es schon wieder hindurch. Sie stöhnte, sie schrie, sie wimmerte. Sie sah die Nachtbeleuchtung auf dem Krankenhausgelände und die im Licht torkelnden Falter. Ein langes glückliches Leben den Faltern und dem Schein der Lampen. Von ihrem Körper, der jetzt von miteinander redenden Menschen über das Gelände getragen wurde, verlief ein feiner, zitternder Faden zu allem, was sie wahrnahm. Er war so fein, daß jede Bewegung der Bahre, jede kleinste Erschütterung sich ihm mitteilte und er sie weiterleitete bis an die jeweiligen Wahrnehmungspartikel. Sie blieben aber unbewegt, sie hatten keinen Schmerz.
Über einen Flur liefen lachende Schwestern in kornblumenblauen OP-Kitteln.
Na, wen haben wir denn hier.
Und während aus einem Raum Tassengeklapper und Lachen kam, spaltete sich für einen Moment der Blick von ihren Augen ab und wurde schmerzfrei. Es war dieses kräftige Blau im Neonlicht, das für die Dauer des Moments selbständig und ganz und gar unangefochten neben ihr herlief. Eine Schönheit.
Sie wurde ausgezogen und auf ein Bett gelegt, in einem kleinen Zimmer, in dem es von Kommenden und Gehenden wimmelte. Schließlich wurden es immer weniger, dann war nur noch eine Schwester da, die ihr eine Spritze gab und eine Decke über sie breitete und danach auch ging. Der Mann saß am Fußende des Bettes. Sie hatte die Beine noch im Krampf angewinkelt, sie lag noch auf dem Rücken. Und dann wußte sie auf einmal, daß es als durchmessene Strecke hinter ihr lag. Der Ort

zwischen und hinter den Brüsten war ausradiert. Sie war zu einer großen weichen makellosen Fläche geworden. Sie befand sich am Ende einer Legende, die Heilige, die erlöst aus dem Bild getragen wird, tot oder lebendig war ganz egal.

Sie sah das müde Gesicht des Mannes und sagte – und während sie es sagte, hörte sie ihre Stimme und wußte nicht, wie lange sie nicht gesprochen hatte –: Geh nach Hause, du mußt doch arbeiten.

Ihre Zunge lallte ein bißchen, war seliggesprochen und besoffen davon. Sie sah die tiefen Kerben in seinem Gesicht. Er soll schlafen. Sie schlief schon ein wenig, aber noch nicht ganz. Das heißt, Schlaf war das ja gar nicht. Es war ein in sie geschüttetes Erlösungsmittel, das die unwiderstehliche Kraft hatte, sie aus jeder Zeit zu entführen. Die letzten Augenblicke gerieten in Hochstimmung und rissen sie in einer Art Freudentaumel mit. Dann wurde zwangsläufig alles zu reinem Wohlbefinden. Der rauh und kühl sich anfühlende Bettbezug und wie die Decke über ihren Knien lag. Sie hob noch einmal ihren Körper aus dem Ausgestrecktsein. Sie sagte noch einmal, er solle doch jetzt gehen und ich bin ja so glücklich und entdeckte dabei, daß der ganze Bettbezug mit kleinen blauen Kleeblättern übersät war. Als sie wieder fest lag und wußte, daß das andere nun über sie kam und nicht mehr aufzuhalten war, hing noch eine zierlich geknüpfte Zeitbrücke locker gespannt und leicht schwankend zwischen zwei Enden. Wenn sie sich beeilte, konnte sie vielleicht noch ein paarmal über sie hin und zurück federn. Und so merkte sie noch, daß es hell wurde und daß ein Tag begann, in dem sie nichts zu tun hatte, weil sie in der Gewalt von jenem anderen war. Die aufkommende Helligkeit begleitete sie noch ein Stück in diese Richtung. Und zahllose Vogelstimmen tönten bis an ihr Bett, gruppierten sich um es, umschlossen es kugelförmig und entfernten sich dann konzentrisch, immer weitere Kreise ziehend und immer schwächer und flacher werdend, bis ein dünner Stimmteppich fast tonlos aufflog und in eine andere Ferne verwehte.

Die Person hatte es bis dahin geschafft. Immer, wenn wieder ein Moment vergangen war, hatte sie ihn mitüberlebt. Sie war ein Vehikel des Überdauerns, diese Person. Sie hatte etwas in ihrem Skelett, das ungerührt blieb. Es war Sitz und Knotenpunkt ein und desselben Phänomens. Jetzt mußte sie nur noch bis zu der Stelle kommen, wo sie sich unbehelligt hinlegen konnte. Ihr wurde auf die Füße getreten, und aus einem Familienverbund heraus sagte ein Mann heimlich: Are you lonely.

Er meinte deutlich die Person, jedenfalls blickte er sie an und zwinkerte ihr zu, als er das sagte. Sie sah drei große tiefblaue Lobeliapolster aus offenen Palastfenstern quellen und gleich darunter tizianrote Tulpenkelche auf schnurgerade hochgereckten Stielen. Ich hielt mich an jedem einzelnen fest. Ich wollte noch nicht sterben. Aber darum ging es der Person auch überhaupt nicht. Nur hinlegen müßte sie sich bald können.

Und sie fand und schaffte den Weg dahin. Nach einer länger anhaltenden, gleitenden Bewegung und aus dichtem Trampeln und Drängeln heraus, durch harte Frauengesichter, durch Stimmen und Sätze, die sie nur hörte, aber nicht verstand, über Brücken und Wege im Zickzack, mit schmerzenden Armen und Beinen, durch Familienpulks und -keile, die die Person entweder abdrängten oder einfach überrannten. Sie kam der Stelle aber näher, und nur das war jetzt wichtig.

Warme, tief eingebettete Töne, aufgereiht zu angenehmen Abfolgen, schienen unter dem Pflaster, über das die Person sich jetzt fortbewegte, heraufzukommen. Sie atmete ruhiger und langsamer. Eine weiträumige Fläche tat sich auf und faßte zugleich alles auf einmal zusammen zu einer bewegten Masse aus immerzu ineinander überfließenden Wärmeströmen und – genau im Einklang mit den Rhythmen und Tönen – ständig sich verschiebenden und neu ordnenden Licht- und Farbmustern. Sie kam zu einem schmalen Eingang, in eine dahinter liegende kühle Dunkelheit, eine Frau zeigte ihr den Weg nach oben, schloß eine Tür auf zu einem schwarzen Würfelinhalt. Die Person betrat ihn lächelnd und der zurückbleibenden Frau zunickend. Das war's.

Ein alter Mann hinter einem Wandschirm, der hustete, würgte, hustete, röchelte, sich hustend erbrach – das war wie eine Erlösung, schlimmer konnte es nicht mehr werden – und gleich weiterhustete und Luft wie durch ein langes verstopftes Rohr zu holen versuchte, das sich unter der Anstrengung des Saugens mitbog und dann doch zu wenig durchließ. Sie, die das hörte, lag in einem überschwappenden Blutbauch auf dem Rücken. Nur ihr Kopf ragte heraus. Es war noch Nacht. Das Husten wurde zu einem anhaltenden Würgeröcheln. Er erstickt. Man muß etwas tun. Nicht zu unterscheiden, ob etwas aus ihm herauskam oder in ihn einzudringen versuchte. Es zurrt sich fest in ihm. Gleich geht nichts mehr. Sie konnte nicht schreien. Auf ihrem Mund lag etwas ganz Schweres und Stilles, oder es steckte zwischen ihren Lippen. Schritte näherten sich, Gegenstände wurden verschoben.

Jetzt mal ganz ruhig, gleich geht es dir besser.

Ein metallenes Klicken.

Du mußt ganz ruhig mit der Maschine atmen, einfach mitmachen.

Und da preßten sich zwei Worte hervor, heraus aus einem Brustkorb, der bis obenhin angefüllt schien mit

Geröll und schwerem, nassem Sand, und durch ein mürbes, überall einstürzendes und teilweise schon zusammengebrochenes Kanalsystem hindurch. Ich sterbe.
Aufgerieben kam das heraus, angeschlagen und angeschabt, heiser stimmlos hingewimmert und gewürgt.
Ein helles Licht. Da war gar kein Wandschirm, aber ein frei im Raum stehendes Bett und auf ihm ein sich aufbäumendes Mädchen mit langen verklebten Haaren. Ein Mädchen.
Eine Schwester hielt sie am Oberkörper fest und sagte: Du mußt keine Angst haben.
Ich sterbe, ich sterbe.
Und wieder würgte es sie, das ganze Bett wurde davon geschüttelt. Eine andere Schwester drückte die Maske des Beatmungsgerätes auf ihr Gesicht.
Nein, nicht, so doch erst recht nicht.
Später kam der Chefarzt mit einer Schwester und einem anderen Arzt.
Mädchen, wir haben dich aufgeschnitten und nichts gefunden. Da war nichts. Was ist los, wo tut es dir weh?
Mir tut alles weh.
Aber da ist nichts.
Sie fragten sie immer wieder, seit wann der Schmerz und wo, und was hatte sie gemacht. Sie konnte keine passenden Antworten geben. Sie bekam Besuch von ihrer Mutter, einer Alkoholikerin.
Was du für Sachen machst. Hier, ich hab dir was mitgebracht.
Comic-Hefte lagen über ihre Bettdecke verstreut.
Ich hab dem Alten gesagt, er soll dich auch mal besuchen.
Sie hustete, aber lächelte gleich wieder ihrer Mutter zu. Sie war siebzehn. Später kam der Vater.
Ja du, ich hab gehört, daß du hier bist.
Und was machst du, hast du ne Arbeit.

Er ging nach fünf Minuten und besuchte sie nicht wieder.
Dann wurde sie verlegt. Die Person lag nun auch in einem anderen Zimmer und der Arzt stieß ihr alle paar Tage den stumpfen Stiel eines Instrumentes unter die Bauchnaht. Wenn es ein gelungener Stoß war, quoll eine bräunlichschwarze Flüssigkeit hervor.
Ich sah das Mädchen einmal wieder. Sie ging untergehakt mit einer älteren Frau über den Flur. Ihr Gesicht war sehr weiß und sie lachte. Wir erkannten uns und grüßten einander, sie lächelte mich dabei an. Ich liebte sie, weil sie in der Nacht nicht erstickt war und weil sie jetzt über diesen Flur ging.
Ein paar Wochen später war sie doch gestorben, zusammen mit einem vierjährigen Mädchen, an Leukämie. Sie hatte lange Zeit in einer chemischen Reinigung gearbeitet. Ich hörte von beider Tod, als wir an der Kaiser-Wilhelm-Gedächtniskirche vorbeifuhren. Die Tauentzienstraße vor uns war ein weites entleibtes und schattenloses Gelände. Ich hielt mich an der Erinnerung fest. Ich überließ mich den beiden toten Mädchen und war mit dem Mann, der neben mir saß und das alles wußte, in ein Gefühl eingeschlossen, das zu nichts mehr paßte.

Die Tür ging zu. Und schon lag sie da. Gerade ausgestreckt und auf dem Rücken. In Kleidern, in den Schuhen. Daß sie das noch geschafft hatte, sich hinzulegen. Die Arme neben dem Rumpf, keine Decke über sich, die Augen geschlossen. Ihr Leben war lang. Schlafend ließ es sich am besten aushalten, aufwachend am schlechtesten.
In der Nacht – gestern oder wann – hatte er etwa fünf Stunden lang teils abgewandt, teils zusehend, jedenfalls unbewegt, einem der anhaltenden Kämpfe der Person

beigewohnt. Sie war immer dieselbe Strecke gelaufen, hin und zurück, etwa neun Meter per Laufeinheit. Links und rechts eine Mauer, und vorn und hinten. Sie hatte dabei seinen Namen gerufen, und einige unvollständige und auch ihr selber unverständliche Sätze, sie hatte gebrüllt, geheult, geschrien. Und bei allem keinerlei Sympathie für sich selber. Schließlich, vor lauter Übelkeit und Ekel, war sie mitten in ihn hineingelaufen, in der festen Überzeugung, so hart aufzuschlagen, daß dann endlich nichts mehr wäre. Aber er war weich, er fing sie auf, ließ sie tief in sich ein und hatte den vorangegangenen fünfstündigen Kampf ganz vergessen oder von vornherein gar nicht wahrgenommen.

Die Person wachte nicht und sie schlief auch nicht. Vom Hals an war sie ein aufgegebener und weggeschlossener Körper. Der Kopf war etwas anderes. Ein großes transparentes und schalldurchlässiges Gefäß. Oben tat er weh. Er dehnte sich, immer noch weiter, nach außen und nach innen. Bis er alles berührte und von allem berührt wurde. Sie liebte nicht, sie erinnerte sich nicht, es quälte sie nichts. Es war völlig egal, ob sie noch lebte oder nicht mehr lebte, hier oder woanders, ob sie jung oder alt, gesund oder krank war, wachte oder schlief. Das Gefäß nahm doch ununterbrochen auf, machte sich sein eigenes Bild, ohne den Körper. Nicht nur daß es funktionierte, es lebte sein eigenes Leben, und das war wohl endlos.

So war der Würfel, der sie nun barg, nur eine kleine verdunkelte Zelle, und davor lag, in alle Richtungen sich streckend und dehnend, von Linien überzogen und durchwebt, unterhöhlt und ausgebuchtet, überspannt und uferlos das Geschehende. Schritte, langsame und schnelle über und gegen den Stein, hohe Schwalbenschreie, verschwindend und schon wieder zurückkommend. Stimmen über Stimmen. Die männlichen zuoberst,

eine aus lauten, deutlich gerufenen oder bestimmt ausgestoßenen Wörtern und Sequenzen bestehende Kuppel. Die weiblichen weit darunter, gedämpft murmelnd oder schnell plätschernd. Nur dann und wann sprang eine schrill und hart in die Höhe. Die der Kinder hell. Sie überschlugen sich, kreischend und schreiend, noch nicht unterschieden in oben und unten. Hunde bellten, heulten auf, winselten. Die Rufe über den Platz waren genau von Mauer zu Mauer zu verfolgen, sie kamen aus Toreingängen und Fenstern und offenstehenden Türen. Plötzlich nahte etwas, die Schritte wurden eiliger, zahlreicher, die Stimmen erst lauter, dann immer leiser, dazwischen fiel vereinzelt etwas zu Boden, zerplatzte. Dann gab es keine Stimmen und Schritte mehr und nur noch ein Rauschen, heftig und ruhig zugleich. Es zog sich bald zurück, und die Stimmen drangen sofort wieder vor, erst einzeln verstreut, dann ein sich verdichtendes Netz knüpfend. Dann waren sie schon wieder überall. In einem Zentrum, wie in einen gefütterten Raum eingeweckt, das Brummen, Pfeifen, Zischen, Klingeln, Salvenabfeuern der Space-Invader. Abbrechend, neu einsetzend, hektisch monoton angetrieben und trocken abgeschmettert, fortwährend einen unhörbaren Rest übriglassend, der zu keinem Ende kam, als würde er sich kurz vorher selber verschlucken und gleich darauf wiederkäuen. Unbeteiligt und ahnungslos.
Laß einfach sein. Ich werde wie sie. Ich tue das Notwendige oder nicht. Und aus dem Kampf halte ich mich raus. Wozu heute noch an was krepieren.
Zuerst hatte sie lange gedacht, es seien Motorenflugzeuge, die näherkämen. Schwerfällige Bombergeschwader. Die Annahme schläferte sie noch fester und behaglicher ein. Sie befand sich jetzt deutlich in einem Idealzustand. Fern von Geliebten, Freunden, Geschwistern, Verwandten und Bekannten, abgetrennt und bewegungslos. Das

Brummen und dumpfe Wühlen kam ja auch von unterhalb der Fundamente. Da setzte ganz hoch oben ein erster weitausgeholter Schlag ein. Er breitete sich wellenförmig aus, überallhin, auch nach unten, ließ sich selber äußerst ruhig ausschwingen, bis hinter die versteckteste Mauerfuge und weit hinunter in die betonabgedeckten Brunnenschächte. Der nächste Schlag kam mit beträchtlicher Verzögerung, erst nachdem das gesamte Schwingungsrevier abgesteckt und es schon völlig selbstverständlich war, daß sämtliche Tore sich zu öffnen hatten und dies der Moment der Abtretung war, während natürlich alle einfach so weitermachten, redeten, schrien, riefen, die Space-Invader bedienten. Sie waren ohnehin im Nu ausgelöscht.

Jetzt folgte, kühl berechnet und immer weiter von oben herab, Schlag auf Schlag. Knöchern trockene Schläge von metallisch sprödem Klang, ganz geradeaus und herunter, ohne die kleinste Verschnörkelung. Jeder einzelne Schall so dicht auf den anderen folgend, daß sie sich aufreihten und miteinander verbanden zu einem mächtigen Dröhnteppich, der sich hoch über den Köpfen ausbreitete und gleichzeitig immer tiefer sank, bis der Kopf der Person von einem schweren Schwengel leergependelt war und gußeisern tönte. Sie richtete sich auf, damit er mehr Spielraum hätte.

Das war der Trick dieses Ortes, daß jede Minute in die Ewigkeit eingeläutet wurde, ohne daß die letzte Stunde schon geschlagen hätte. Die anderen hier lebten damit. Aber für die Person war es ja etwas Neues. Und das war jetzt hinter ihr her. Sie stand schnell auf und ging hinaus. Da hatte sie es nun auch noch vor Augen, obwohl das Licht schon von Sekunde zu Sekunde weiter abzog. Sie standen zusammen in Gruppen, ein kleiner schwarzer Hund sprang um sie herum, ein bellender Schäferhund mit Maulkorb rannte quer über den Platz, auf den Bänken saßen sie und steckten die Köpfe zusammen, Kinder liefen hinter einem Ball her, Jugendliche tanzten zu ihrem mitgebrachten Beschaller, andere standen in einem Zelt hinter den Videospielen, das Geschlecht an die Frontseite gepreßt.

Das war ja alles ganz schön und gut. Aber mit dem Ort stimmte etwas nicht. Hier fehlte etwas, ja, hier fehlte das Entscheidende: das sonst so schnelle Vergehen der Zeit, daß Gegenwart erst gar nicht aufkommen konnte. Es gab kein einziges Auto, kein Motorrad, keine Laster, nicht einmal ein Moped oder einen Rollstuhl und auch keine anderen Spuren von Geschwindigkeit oder geregeltem Verkehr.

Die Person begann zu laufen, sie mußte unbedingt entkommen. Sie lief durch Schächte und über enge Brücken, an Mauern entlang, die Pflanzliches üppig an sich herabließen. Aber die Glyzinien waren so bleich und das Licht war immer schon ein bißchen weiter weg, wenn sie in eine neue Gasse einbog oder über einen anderen Platz kam. Und es dröhnte weiter über ihr und hinter ihr her.

Velox, o terrae centrum, aperi te profundum et cum dilecto meo me quoque absconde. Aber die Steine barsten nicht, das Erdinnere blieb durchgehend geschlossen, und es war nur der Generalbaß, der die immer klangloser gewordene und schon ganz vereinsamte spröde Stimme in sein sich verdunkelndes Gefälle mit hinabzog.

An immer mehr Menschen mußte sie vorbei, immer häufiger mußte sie ausweichen, um überhaupt weiterlaufen und überholen zu können, bis ihr Lauf durch eine dichte Ansammlung aufrecht und langsam gehender Körper gestoppt wurde. Es war so eng in ihrer Mitte, daß jeder jeden berührte. Schwerfällig schlurfend schob sich die Masse voran. Die Person hatte keine Wahl, sie mußte

sich mitschieben lassen. Denn zurücklaufen kam ja nicht in Frage.
Hallo Schöne, so ganz allein heute abend.
Die Person wendete nicht den Kopf, aber sie zischte sich selber, natürlich bei geschlossenen Lippen, fucking hell zu. Denn dies war nur der Anfang, und auf einmal kamen Kommentare von allen Seiten. Die, die sie abgaben, die Männer, hatten jeweils eine Frau oder ein Mädchen im Arm oder neben sich, und es schien ihnen auch nichts auszumachen, daß sie selber erheblich kleiner waren als die Person. Sie sah jetzt einfach nach unten, wo doch nichts zu sehen war. Einmal geriet sie an den Rand der Ansammlung, das heißt, sie wurde dahin gedrängt, und sie blickte, nicht einmal eine Sekunde lang, in eine fast schon ganz dunkle schmale Abzweigung. Da war, nah bei ihren Füßen, etwas gescheckt Buckliges, aufs Pflaster sich Pressendes, vollkommen stillgehalten und mit weit offenen Augen, die nichts oder anderes sahen. Von da an hörte die Person keine Kommentare und Stimmen mehr, und das Dröhnen blieb merklich zurück. Das Fell beider war von derselben schwärzlichbraunen Zeichnung gewesen, die Körper fest, aber ohne die kleinste Bewegung, aneinandergedrückt, von oben nach unten. Das Bild dieser reglosen und fest entschlossenen Gemeinsamkeit unmittelbar neben der sich unaufhörlich vorbei- und weiterschiebenden Mauer aus aufrechten Körpern kauerte nun in ihr.

Sie griffen ihn, warfen ein Seil um seinen Hals und schleppten ihn durch die Stadt. Da blieb das Fleisch seines Körpers an der Erde hängen und die Straße wurde rot von seinem Blut. Danach wurde er in den Kerker geworfen. Als es Morgen wurde, warfen sie ihm wieder das Seil um den Hals, rissen ihn hin und her und schleiften ihn wieder durch die Stadt und schrien: Führt den Ochsen zur Schlachtbank. Bis er seinen Geist aufgab.

Die Person ahnte, daß ein Moment des Aufatmens und Entspannens nahe war. Die Ahnung kam mit dem Geruch nach Wasser und einer plötzlichen feuchten Kühle auf der Stirn und den Wangen. Und auch daher, daß die atemlosen hohen Schreie vieler einander jagender Schwalben ganz dicht über ihrem Kopf zu sein und dort Weiten zu durchfliegen schienen, die sie nur aus der Vergangenheit kannte. Die Körper machten schon ein wenig mehr Platz, und sie war nicht mehr ganz so eingeschachtelt. Sie blickte auf und sah eine Straße breit gestreuter abendlicher Helligkeit, eine Mischung aus zurückgebliebenem, wäßrigen Sonnenlicht und blassem Mondschein. Noch wenige Schritte und alles war angenehm weit und gedämpft hell. Zu Köpfen, zu Füßen. Es war außerordentlich. Erst jenes langsame Geschobenwerden und unvermeidliche Aneinanderreiben und Schleifen und die Unmöglichkeit auszuweichen oder sich zurückzuziehen in der Enge der Mauerschächte. Und nun plötzlich diese Ausdehnungen in alle Richtungen, erst ganz zum Schluß angehalten und in die Vertikale gehoben in den verschiedensten Formen und Mustern. Das hing kunstvoll zusammen, das sollte so sein. Kein Baum, keine einzige Pflanze störte die prächtige Anordnung von Steinen und Luft. Etwas ganz Bestimmtes, genau Berechnetes sollte sich hier einstellen. Alle Schmalheit, Dunkelheit und Enge rundum arbeitete darauf hin, auf einen wirksamen, ja überwältigenden Gegensatz, und jede Kolonnade und Arkade, jede Säulenfassade, alle Pfeiler, Friese und Archivolten als Bekrönung der Ausdehnungen waren präzise geknüpfte Maschen desselben Netzes, in das jeder gelockt wurde. Hätten sie doch den Sumpf gelassen. Dabei gab es nur eine wirkliche Öffnung, geradeaus und am Ende einer Steinbahn, durch ein Säulenpaar hindurch: ins Wasser. Auf diese Öffnung ging sie zu.

Feinde des Staates, Hochverräter, wurden zwischen den Säulen geköpft. Die besten Scharfrichter, die, die den Kopf an der richtigen Stelle mit einem Schlag sauber abtrennten, waren die Deutschen und die Franzosen. Manchmal hingen morgens von einem zwischen den beiden Säulen aufgespannten Seil frische Tote herab, jeweils an einem Fuß festgeknüpft.

Ich erkannte den Platz sofort wieder. Die gleiche Art der Ausdehnungen, dasselbe kunstvoll geknüpfte Netz. Eine nach oben offene riesige Steinkiste eingeräumter Freiheit.

Schön, natürlich. Nur daß hier etwas dazwischengekommen war, nämlich ein aufgehobener nackter Körper, der gerade in diesem Moment über den Platz getragen wurde.

Ein Mann trug das Gewicht des Oberkörpers, seinen rechten Arm unter den Rücken des anderen gelegt und seine Schulter in die linke Achselhöhlung gestemmt, um das Gewicht besser zu verteilen. Vor Anstrengung zog sich seine Stirn in Falten. Ein zweiter stützte mit angehobenen Armen den zur Seite gefallenen bärtigen Kopf und den Nacken von hinten, als könnte ihm noch etwas passieren, als wäre er noch zerbrechlich. Ein dritter hielt ihn, seitlich und mit beiden Unterarmen umschlungen, bei seinen Oberschenkeln. Der Körper neigte sich leicht schräg zur Seite, der rechte Arm hing schwer herunter. Sie hatten damit zu tun, daß er ihnen nicht wegrutschte. Brachten sie diesen Fremdkörper – auf den ersten Blick wie eine Ramme gehalten – auf den Platz oder holten sie ihn weg. Unter seinen Rücken hielten sie ein weißes bauschiges Tuch, als dürften sie seine Nacktheit nicht berühren. Und ein Kamel stand hinter ihnen, seinen Kopf den Kolonnaden auf der anderen

Seite des Platzes und der in ihnen Schutz suchenden Panik zugewandt. Seine Gelassenheit war etwas ganz anderes, und sie paßte auch nicht in diese Geradlinigkeit und Höhe der Fassaden. Das Tier war da, um genau das zu zeigen. Ein großer, von braunem zottigem Fell umschlossener Leib, der als schützende Wand hinter den Männern stand. Es wird den Toten allein tragen können, auf dem Rücken, ein wenig schwankend, gemächlich. Am besten in die nahegelegene Wüste. Einer jedoch, der das schwere Tier am Zügel hielt, lag verquer auf dem Boden, vielleicht hingestürzt bei dem Versuch, es zur anderen Seite, zu den Kolonnaden hinüber und von der Gruppe mit dem Toten fortzuziehen; und ein anderer, ganz vorne, versuchte sich im Fallen noch an einem aufwehenden Vorhang festzuhalten.

Der Platz stand schon fußhoch unter Wasser. Die Regenrinnen liefen über, an einigen Stellen klatschte das sturmgepeitschte Wasser über die zu niedrigen Wandungen wild hinweg. Oben kein Himmel, aber schwarzgrau erstarrte Qualmfladen und wuchtige Rauchsäulen, die sich auf die Seite gelegt hatten. Und davor oder dahinter, darüber oder darunter eine lachsrosa bis braunrote diffuse Masse. Es würde wohl kaum je wieder hell werden können unter diesem zähflüssigen und hier womöglich schon sich verfestigenden Lavameer.

Die anderen flüchteten in die Arkaden. Einer sogar mit Pferd. Sie waren irre, entleibt vor Angst und Panik. Bleiche Schattengestalten in wehenden Umhüllungen, unter denen die Körper nur noch verspannte Verzerrung sein konnten. Fast stolperten sie die fünf Stufen hinauf. Sie mußten entkommen, zerrüttet entnervt inhaltslos, Schatten, aber entkommen.

»Ich könnte Ihnen, meine Damen und Herren, wenn Sie das wollten, auf den Kopf zu sagen, wer von Ihnen über-

leben würde. Ich habe dafür in Auschwitz einen Blick bekommen.«
Sie rannten davon, um sich vor dem Unwetter in Sicherheit zu bringen. Der Tote war das Unwetter.
Eine sauber gezeichnete, auch in der Dunkelheit noch hell leuchtende Trennungslinie, wahrscheinlich aus Marmor, verlief zwischen den Fliehenden und jenen, die mit dem Kamel auf Seiten des Toten standen und handelten. Auf ihrer Seite auch, im Hintergrund, das schon locker aufgeschichtete Holz, ein Scheiterhaufendickicht, das schnell und heiß gebrannt hätte für den ohnehin Toten, um ihn in fettige Asche zu legen. Der Tod muß so schnell wie möglich unsichtbar werden.
Jetzt wußte ich es auf einmal: sie trugen ihn vom Platz und aus dem Bild. Aus dem weiträumigen Sarg, auf dem nur noch der Deckel gefehlt hatte, und in dem je ein marmoreingefaßtes Viereck für jeden Fliehenden reserviert war, dreizehn insgesamt.

In einem Film sah ich die Silhouette New Yorks und wie es darüber und dagegen sehr langsam Tag wurde. Wie die Wolkenfelder sich ausdehnten und entfärbten und der Abgrund darüber immer durchsichtiger und weiter wurde. Da oben wollte ich nicht sein, aber ich war schon da. Bis vor einem bleichen Blau unzählige Spuren kleiner verebbter Wellen noch gerade zu erkennen waren. Das Bild blieb kurz stehen, schnappte dann zurück zu einem gerade vergangenen und schon gezeigten Moment, sprang wieder vor zur Gegenwart und nochmals einen Moment weiter zurück und so fort, so daß – in der Luft über New York – die Zeit sich selber zu foltern begann an allen drei Ausgängen: Vergangenheit Gegenwart Zukunft.
Es war mit dem Auge des Angeschossenen gefilmt, dessen, der stöhnte und schwer atmete, während er zum

Helikopter getragen wurde. Beim Auffliegen in das Vor und Zurück der Momente des Himmels sagte er: Zuviel, es ist alles zuviel. Das hieß, er würde weder landen noch oben bleiben können oder wollen.

Indes ging die Person ruhig weiter und aufs Wasser zu. Jetzt, wo das meiste schon hinter ihr lag, merkte sie auf einmal, wie angeschlagen sie war und was die letzte Nacht und er ihr angetan hatten. Sie wußte auch, was es bedeutete: sie war am Ende oder zumindest ganz kurz davor. Sie spürte, wie von diesem Ende her ihr etwas entgegenwuchs und sie anschließend einhüllte, eine unsichtbare Folie, die sie ansehnlich und normal aufrecht erscheinen ließ, während sie sich in Wirklichkeit schon unter der Wasseroberfläche ausgestreckt sah, leicht gewiegt und aufgehoben, ausgewickelt aus allen Textilien und der Bewußtlosigkeit hingegeben. Gerade das – und weil es natürlich immer weitergehen würde mit ihr – erzeugte eine unstillbare Gier nach Luftholen, Einatmen. Die tranige Feuchtigkeit, die sich schon bis unter ihre Füße hingeleckt hatte, obwohl sie immer noch einige Meter von der Kaimauer entfernt war, die Dieselabgase, die vom Tag zurückgebliebene und an einigen Stellen gestaut verharrende sommerliche Wärme, das alles sog sie als Gemisch in sich ein, bis sie wie aufgeblasen und fett davon war. Am liebsten hätte sie nicht mehr ausgeatmet. Und eine ganze Weile hielt sie wirklich diesen zusammengesetzten Atem an, bis es in ihren Ohren zu rauschen anfing und sie nicht mehr unterscheiden konnte, ob das, was sie jetzt hörte, aus ihr kam oder ob es draußen irgendwo stattfand. *O tu, che porte, correndo sì?* wurde von einer Frauenstimme gerufen. Die Antwort kam ohne Zögern und heftig hingeschmissen: *E guerra.* Als sei es das Selbstverständlichste von der Welt. Und nach einer kleinen Pause, nach einem winzigen Verdutztsein, wurde trocken und sachlich hinzugefügt: *e morte.*

Jetzt nur noch diese wenigen Schritte. Nah vor ihr hoben und senkten sich die Boote. Sie schlingerten und rissen an den Vertäuungen. Ringsum standen sie alle in Gruppen, lehnten an Mauern, saßen auf Bänken, scharten sich treppauf treppab. Soldaten in Uniformen, Familien, Paare. Die Person hatte den letzten Schritt geschafft und lehnte sich weit über das eiserne Geländer. Das Wasser klatschte an den Stein, an die Bootswände, es gluckste und versickerte und rann wieder hervor, jadig grün bis zum Horizont, bis ins Meer. Es schlug beständig zu ihren Füßen an, kroch als dünner Film ihre Beine hoch bis zu den Knien. Ihr wurde kalt, aber sie wollte sich nicht wieder rühren. Eine Wohltat, alles im Rücken zu haben. Es war ohnehin schon spät. Zuweilen schafften es ihre Augen, bis auf den Grund zu kommen. Aber da waren nichts als Algen und Müll und Stücke ihrer selbst. Es war besser, sich auf die Oberfläche zu legen und sich langsam, den Blick nach oben, absinken zu lassen.

Merkwürdig, daß mich niemand berührte, daß man mich völlig mir überließ. Einmal sah ich mich kurz um, nur um mich zu vergewissern, daß alles noch da sei. Da war die Luft in meinem Rücken schon fast ganz undurchsichtig geworden. Laternen brannten, Lichtgirlanden schaukelten im Wind. Die Stimmen und Schritte waren auch alle noch da. Aber noch während ich mich wieder umdrehte, um übers Wasser zu blicken, spürte ich, daß der Graben zu meinen Füßen tiefer wurde, ein Becken, ein Meer, eine Ozeankluft, die schwer atmete, ansog und wieder abgab. Ich stand jetzt sehr aufrecht an dem Geländer und hielt mich auch schon kaum noch fest. Es war nicht mehr nötig. Und ich stand ohnehin zwischen diesem schweren Atem, der etwas einzuholen versuchte und immerzu an der Kaimauer vorläufig aufschlug und jenem Geschehen in der Zeit hinter mir, das

sich bewegte, verschob, stillstand und bei allem starrsinnig verharrte.
Das Wasser hob sich immer höher und senkte sich immer tiefer und die Kaimauer rührte sich nicht von der Stelle. Da setzte wieder so ein Schlag hoch oben ein und entwickelte schnell ein solches Gedröhn, daß ich die Augen schließen mußte. Als ich sie wieder öffnete, hatte sich der Graben unter mir geschlossen, das Wasser war fast unbewegt und geräuschlos und die Helligkeit auf seiner Oberfläche bis hin zum Horizont sammelte sich – noch gerade sichtbar – in einem Wirbel und Mahlstrom und war dann schon verschwunden.
Ich wußte, dies war das übliche Schauspiel, Tag und Nacht, Mensch und Natur, Geschichte und Stein undsoweiter. Aber während mir das Gedröhn abermals den Kopf und die Glieder durchschlug und besonders meine Magengegend vereinnahmte, ging ich zwischen Kaimauer und Menschenknäueln ein gerades Stück entlang und hörte immer wieder einen Aufschrei, der gegen alles andere und bis zu mir vordrang. *Ahi vista!* rief er, schrie er in seine eigene Bewegungs- und Sprachlosigkeit hinein, gegen sich selber an, gegen die Monotonie seiner langen und ewig andauernden besinnungslosen Unrast und Lebendigkeit. Und beim *ahi conoscenza!*, bei der vorletzten Silbe, wo er wirklich erkennt – wenn auch nur für den Bruchteil einer Sekunde – wäre ich gerne zusammengebrochen für ihn, der sie, die er liebte, gerade niedergemacht hatte, und der ja schon wieder weiterleben wollte, durchaus ohne sie, während sie, der Folter durch Sterben ausweichend, sich auf einem ihrer letzten Atemzüge davonsang. *S' apre il ciel; io vado in pace.*
Ich sah den jungen Soldaten in ihre Gesichter. Jedem einzeln, als ich an ihnen vorbeiging. Eine alte Frau schüttete Häufchen von rosafarbenen Spaghetti auf eine Steinbank, über die sich gleich die Katzen hermachten.

Ich mußte auch von hier fort. Am besten zurück, dahin, wo ich vorher schon gelegen hatte. Wieder an Menschenansammlungen vorbei, um Gruppen herum. Aber dann wurde es immer leerer und schwärzer, und die Person erkannte die Wege nicht wieder. Nicht einmal richtige Beleuchtung gab es an diesem Ort, keine Peitschenmasten, kein Neonlicht, nur abgeschirmte Glühbirnen, unter denen nach bestimmten Mustern Mücken tanzten. Sie lief wieder durch Schächte, über Brücken, und schnell war sie ganz allein. Meine Schritte liefen hinter mir her, in einer sehr engen Gasse gingen sie plötzlich auch vor mir her und einmal rannte ich von allen Seiten zugleich auf mich selber zu, und ein spätes Schwalbenpaar jagte noch einmal kreischend über meinen Kopf hinweg. Immerzu bewegte sie sich am Wasser entlang, einmal war es links, dann rechts von ihr. Oder sie ging auf es zu und überquerte es. Vielleicht bewegte es sich auch an ihr entlang.

Es war jetzt tintig schwarz und vollkommen bewegungslos. Nur weil die Mauern angefressene Ränder und Einbuchtungen hatten und diese Schatten warfen, konnte sie sich denken, daß es sonst beweglich war und nicht nur eine einmal breitere, einmal schmalere Bahn. Und trotzdem gluckste und gluckerte es, schlug flach an Bootswände und Steinstufen, saugte an Mauerrissen, tropfte aus Höhlungen zurück. Sie mußte sich auf eine Brückenstufe setzen und kurz ausruhen, denn sie wollte doch zurück, ohne erinnern zu können, wo das war und wie sie hinkäme.

2.
Panorama Berlin

Es war im Leben dieser Person immer ein und dasselbe gewesen, mehr als vierzig Jahre lang bisher. Eine flache Süße wie von Süßstoff auf der Zunge und den Lippenrändern, so daß sich die Zungenspitze von daher noch manchmal etwas hereinholte, und eine solche Bitternis im Herzen und darunter, daß das Blut und die anderen durchziehenden Stoffe nie ausreichten, um sie abzutransportieren. Die flache Süße war das Amlebensein, die Bitternis war alles andere, vor allem aber die Art der Atemlosigkeit, die entsteht, wenn die Kranken, Halbkranken, Sterbenden und Toten die Luft einzunehmen gezwungen sind und sie bis über den Rand verstellen, weil sie sich nicht hinlegen können. Das aber hieß: die Wirklichkeit traf nicht zu.

Betrifft: Verwertung der abgeschnittenen Haare.
An die Kommandanten der K. L.
Arb., Au., Bu., Da., Flo., Gr.-Ro., Lu., Maut./Gu., Na., Nie., Neu., Rav., Sahs., Stutth., Mor., SS SL Hinzert.

Der Chef des SS-Wirtschafts-Verwaltungshauptamtes, SS-Obergruppenführer Pohl, hat auf Vortrag angeordnet, daß das in allen KL anfallende Menschenschnitthaar der Verwertung zugeführt wird. Menschenhaare werden zu Industriefilzen verarbeitet und zu Garn versponnen. Aus ausgekämmten und abgeschnittenen Frauenhaaren werden Haargarnfüßlinge für U-Bootsbesatzungen und Haarfilzstrümpfe für die Reichsbahn angefertigt.

Es wird daher angeordnet, daß das anfallende Haar weiblicher Häftlinge nach Desinfektion aufzubewahren ist. Schnitthaar von männlichen Häftlingen kann nur von einer Länge von 20 mm an Verwertung finden.
SS-Obergruppenführer Pohl ist deshalb einverstanden, daß zunächst versuchsweise das Haar der männlichen Häftlinge erst dann abgeschnitten wird, wenn dieses nach dem Schnitt eine Länge von 20 mm besitzt. Um durch das Längerwachsen der Haare die Fluchterleichterung zu verhindern, muß dort, wo der Kommandant es für erforderlich hält, eine Kennzeichnung der Häftlinge in der Weise erfolgen, daß mit einer schmalen Haarschneidemaschine mitten über den Kopf eine Haarbahn herausgeschnitten wird.
Es wird angestrebt, die Verwertung der in allen Lagern anfallenden Haare durch Errichtung eines Verwertungsbetriebes in einem KL durchzuführen. Nähere Anweisungen über die Ablieferung der gesammelten Haare folgt noch.
Die Mengen der monatlich gesammelten Haare, getrennt nach Frauen- und Männerhaaren, sind jeweils zum 5. eines jeden Monats, erstmalig zum 5. September 1942, nach hier zu melden.
gez. Glücks,
SS-Brigadeführer und Generalmajor der Waffen-SS

In der Nacht, einer der kürzesten des Jahres, wachte ich auf mit der fertigen Diagnose im Herzen, auf der Zunge und den noch geschlossenen Lippen. Da ich wieder mit ihr eingeschlafen war, konnte ich sie morgens nicht mehr formulieren. Jedenfalls nicht in der Knappheit, mit der sie nachts, unmittelbar vorm Hellwerden, Vergangenheit Gegenwart Zukunft und mich gründlich zerlegt hatte. Ich spürte aber noch, was geschehen war, das heißt ich wußte das abstrakte Ergebnis: Trennung Teilung Spaltung.

Er brannte in Liebe zu seinem Glauben und kämpfte für ihn gar hitziglich ... Er begehrte auch den Tod für ihn zu leiden und ließ nicht ab, den Herrn mit Eifer und Andacht zu bitten, daß er ihn nicht aus dieser Welt lasse gehen, er habe denn nicht den Leidenskelch für ihn getrunken. Um diese seine Sehnsucht ward er auch nicht betrogen.

Es ist ein Bild der abgebrühten Stille. Schmal und aufrecht, eine Tafel. Über dem Kopf leichte sommerliche Bewölkung.

Der Überlebende stellt sich dar. Der, der immer weitermachen wird. Im Hellen, im Dunkeln, in Wärme und Kälte. Obwohl er allnächtlich Gelegenheit hätte zu erkennen, zum Beispiel im Spiegel, auf den er im Dämmer zugeht und der jedesmal reflektiert, was unter seiner Kleidung sich befindet: ein weichgewordenes elastisch sich zersetzendes Skelett. Eigentlich lebt er schon lange nicht mehr. Aber seine Strenge gegen sich und andere hat ihn das vergessen lassen.

Das Krummschwert, das ihm seitlich in den hinteren Schädelteil gekeilt worden ist, steckt noch an derselben Stelle – wie nach getaner Arbeit die Axt im Baumstumpf. Es scheint ihm nichts weiter auszumachen, mit gespaltenem Schädel herumzulaufen. Im Gegenteil gehört es zu ihm, und die festsitzende Klinge scheint er so wenig als störenden Fremdkörper zu empfinden wie andere die jahrelang in ihren Weichteilen umherwandernden Granatsplitter. Es ist wieder Alltag geworden, und eines Tages werden seine Enkelkinder vielleicht mit seinem Bart spielen und versuchen, die Klinge zu bewegen, hin und her wie ein Wiegemesser auf Petersilie.

Auch daß ein Dolch in seiner Herzgegend steckengeblieben ist, macht ihm nichts aus. Er sollte abgestochen wer-

den. Na und. Das bringen die Kriege so mit sich, alle Arten von Kriegen. Er hier hat nur für den Glauben gekämpft, die gute Sache also. Jedes Mittel ist ihm recht gewesen, allerdings ausgeführt durch Gottes Hand. Seine eigenen Hände hat er sich nicht schmutzig gemacht. Deshalb kann die linke jetzt auch so zierlich und graziös das schwere Buch halten, gleich unter dem angebohrten Herzen. Dieses Buch, in dem alles steht, was ihm wichtig ist, wichtiger als das Leben zum Beispiel. Dieses Ein und Alles, Brevier der Liebe und des Mordens.
Zusätzlich in der rechten Hand noch die Märtyrerpalme, denn es könnten einem ja die beiden Klingen in Kopf und Körper entgangen sein.
Im übrigen sieht er harmlos aus. Mit seinem schmächtigen Bartwuchs, dem kleinen rundlichen Kopf, der milchigen Gesichtsfarbe und den zahmen Augen sehe ich den Kriegsversehrten vor und über mir sitzen oder stehen in den verschiedenen Büros, in denen ich Verschiedenes zu bearbeiten hatte.
Mein Herz ist nicht durchbohrt, aber zerschlagen. Mein Schädel nicht gespalten, aber überdehnt. Und zum Zerreißen gespannt, so daß er bisweilen schon zu ächzen und bersten beginnt, weil die Schädelnähte dem Innendruck nicht mehr standhalten können. Und die Decke überzieht bereits ein weitverzweigtes Netz feinster Haarrisse. Meine Gesichtshaut zeigt es an. Einerseits ist sie um etliche Quadratzentimeter zu weit geworden und ausgeleiert, andererseits schrumpft sie und zieht sich zusammen. Folgen des Überlaufens und der Überflutungen, die das Aussickern und Hervorsprudeln bewirken, und der anschließenden Dürrezeiten, der Austrocknung und Verödung. Das, was mir gänzlich fehlt, ist jene ruhige Mittellage, der Zwischenzustand, der die Haut glatt und elastisch hält und der auch die hier so weit verbreitete gesunde Gesichtsfarbe bewirkt. BERLIN-

TUTGUT. Und sicher hülfe es dem Schädel, gespalten, und dem Herzen, durchbohrt zu sein. Sicher wäre es auch mir damit viel leichter möglich, wie die meisten anderen einfach hinzuleben und fraglos kräftig dazusein.

Ich aber kucke schon seit vielen Jahren in den Spiegel und spüre deutlich, daß ich nicht dasein sollte. Ich habe schon seit Jahrzehnten akzeptiert, daß ich mich beseitigen müßte, und an manchen Tagen sehe ich bereits, daß ich gar nicht mehr da bin. Da sehe ich die Straße in Spandau in hellem Licht sich hinziehen, und ich gehe nicht auf ihr, obwohl ich den Schweiß in meinen Achselhöhlen riechen und die gerade herrschende Schwüle wahrnehmen kann. Oder ich sehe meinen Begleiter neben mir und wie er sich ganz ohne mich an den Marktständen entlangbewegt. Und obwohl ich nicht da bin, sind mir alle Ausgänge versperrt. Und Grube oder Himmel, Vergangenheit oder Zukunft weisen mich ab, weil sie wie mein Schädel überfüllt sind. UNTER DER SONNE DER FOLTER. Da ging es mir auf.

In der Atmosphäre gibt es eine unbewohnbare Schicht, die allerdings noch zur Erde gehört. Sie ist nach allen Richtungen offen. In sie wird man hineingeboren. Die Menschen dieser Schicht sehen aus wie andere, sie werden gewindelt, sie pubertieren; die weiblichen beginnen zur üblichen Zeit zu menstruieren undsoweiter. Man verliebt sich, man streitet sich, man erlebt alles, was die anderen auch erleben. Und die landläufig beliebten Phasen werden auch hier photographisch festgehalten. Und gleichzeitig ist alles ganz anders, denn diese Menschen können nicht landen. Sie treffen nicht auf die Wirklichkeit zu. Sie sind im Zentrum eines Vakuums, von dem aus sie alles überblicken können. Sie sehen, sie starren aus ihrer Schicht hinaus und verlieren sich oft völlig aus dem Auge, ohne dafür jedoch irgendeinen Gegenwert oder Ersatz zu bekommen. Sie sind verzweifelt bemüht, sich ihr Vakuum nach den erblickten Mustern einzurichten; sie verrenken sich dabei, sich in die Jahreszeiten einzupassen; sie möchten auch Gärten und Familien haben, Urlaub machen und lässig sein können. Aber im Grunde tun sie nur eins: sie hetzen ununterbrochen zwischen Sehnsucht und Qual hin und her, sie strampeln und kämpfen sich ab, um über beides endlich hinwegzukommen, und erkennen immer noch nicht, daß tödliches Schweigen herrscht in den Eingeweiden ALLER.

In einer Straße sah ich das Gesicht der heute noch Lebendigen im Stein und in der Dunkelheit und unter einem erstickt geschrumpften, verwesenden Laubdach. Ich erkannte es durchaus wieder, denn es war mir schon vorher begegnet, an verschiedenen Stellen und zu verschiedenen Zeiten. In vierten Etagen in Berlin Wilmersdorf, Schöneberg, Tiergarten, Neukölln. Aber auch an der Uferpromenade in Saintes Maries de la Mer und überhaupt überall, wo ich bisher gewesen war. Ich war allmählich sogar in einem derart fortgeschrittenen Zustand, daß ich in dem Gesicht die versprengtesten und weitest zurückliegenden Momente wiedererkannte. Ein Haus, auf das ich eines Morgens im Frühsommer geblickt hatte. Es lag eingebettet in dichtestem Grün. *Im Frühjahr 1942 gingen Hunderte von blühenden Menschen unter den blühenden Obstbäumen des Bauerngehöftes, meist nichtsahnend, in die Gaskammern, in den Tod. Dies Bild vom Werden und Vergehen steht mir auch jetzt noch genau vor den Augen.* Ein Geruch nach ausgegangenem Feuer und feuchtem, kühlen Kies kam von unten herauf. Mit diesem Geruch dehnten sich meine Augen und breiteten sich über alles, was zwischen mir und dem Haus lag. Über die abgerundeten Kronen der Bäume und die leicht bewegten Blättermassen bis hin zu den dunklen Efeuranken an der Hausmauer. Ich wußte haargenau, daß dies hier alles war, mehr ging nicht, bis jemand hinter mir sagte: Warum stierst du denn so aufs Frontkämpferheim. Aber auch ein kurzes, ganz hohes Weinen meiner Großmutter erkannte ich wieder in ihm und das ältere Nachbarmädchen, das mich fest umschlungen auf dem Schlitten hielt und mich anlächelte, während sonst niemand lächelte.

Das Wiedererkannte, die kurzen Leuchtspuren, führten mich nur noch tiefer in die Dunkelheit. Mir war schon fast übel vor Atemnot und von der Anstrengung, es immer gerade noch zu schaffen. Da roch es zwischen aufgeplatzten Abfallsäcken und aufgegebenen Häusermauern nach ausgegangenem Feuer und feuchtem Kies, und ich hatte die ganze Allee vor mir als einen durchlöcherten morschen Tunnel. Es war schon später Mai, aber das Laub der Platanen hatte sich nicht mehr voll entfaltet. Es war im ersten Trieb steckengeblieben und erstarrt in einem weißlich blassen Grün. Ein großer Teil der vor der Zeit gealterten Blätter krullte sich zusammen und hing von den Ästen und Zweigen wie winzige verdorrte Fledermäuse, senkrecht gefältelt, herab. Ganz vereinzelt gab es größer und grüner gewordene Blätter, wie zur Erinnerung. Ein erstes fiel zu Boden. Sie ging weiter. Sie atmete schwer. Da lagen schon drei beieinander. Sie sah nach links, nach rechts, nach oben: die Blätter fielen überall, ohne Taumel, ohne Windzug. Tropfen, schwer und geradlinig. Lieber Gott. Laß sie. Es ist zuviel. Die Straße stieg an. Sie begegnete vielen Gesichtern der heute noch Lebendigen. Sie fühlte nichts dabei, und sie hatte vor allem schon jedes Gefühl für die richtigen Relationen und Proportionen hinter sich gelassen. Sie ging hier unten, mitten in dem Stein, und gut, sie war kurzatmig, aber sie rannte den Höhenunterschied von sich bis zu der Spitze der Bäume, fünfzehn bis zwanzig Meter, rauf und runter. Es nervte sie, es erzeugte eine

Panik und Unruhe, es wurde zu einer solchen Quälerei, daß sie zu laufen begann, schließlich neben dem Bus herrannte, um der Geschwindigkeit des Fallens enthoben zu sein.
Im Bus saß ich hart und mitleidlos. Abschlagen und aus dem Weg räumen. Allesamt und alle auf einmal.

Von der Nacht an, als die Diagnose sich mir gestellt hatte, begann sie auch schon, einen beruhigenden und entspannenden Einfluß auf mich auszuüben. Und sie hatte sich gestellt, weil in den Berliner Nächten, in jeder Berliner Nacht eine Weitsicht herrscht, die an keinem anderen Ort des Planeten noch einmal vorkommen dürfte. Jene Weitsicht, die aus einer – in durchsichtigen Stein eingelassenen – zerschlagenen und noch dampfenden Wirklichkeit aufsteigt. Vor allem aber vermittelte sie mir ein wertvolles Wissen, ein Wissen, mit dem ich mich, wenn es gutgehen würde, zur Ruhe setzen könnte.
Ich wußte auf einmal, wohin ich gehörte. Obwohl mir das veraltet und sentimental vorkam. Aber es stimmte. Ich gehörte hierher, nach Berlin. Und zwar ganz präzise in die Luft über und unter Berlin. Auf die Luftscholle, von der aus die Stadt mit ihren Verkehrsadern und Blockbauten, mit sämtlichem Leben und Unleben darin und darunter wie ein verknoteter Punkt hinter einem beständig sich verlagernden Fadenkreuz aussieht, der mehrmals am Tag Beschuß verlangt. Es ergibt sich daraus natürlich eine etwas unbequeme Lebenslage, aber um wieviel ist diese erträglicher als alles andere zuvor.
Selbstsicher konnte ich mir nun laufend entfallen, konnte die Dinge anstarren, als wären sie nicht von dieser Welt, denn ich hatte ja meine Bleibe gefunden. Ob ich als Rauch aufstieg oder als Aschenregen niederschlug, ob ich als schwarzer Schnee fiel oder als kalter Licht-

nebel mich in alle verbliebenen Luftschächte setzte; ich war weder zu erjagen noch zu vertreiben. Kein Genickfänger würde je wieder in meine Körperwärme gerammt werden, denn in dieser Existenzweise erkannte mich niemand wieder. Keiner hätte es auch nur von ferne gewagt, mich zu identifizieren, mir Namen und Haut und Haar zu verleihen.

Nur mit den Bäumen verhielt es sich auch weiterhin anders. Unaufhörlich versuchten sie, mir nahezubleiben. Ich war gerade auf dem Weg zu dem quer ins Bild gelegten Toten, als mir das auffiel. Ich blickte hoch zu jenen drei Espen im Volkspark, die die Spielenden und Spaziergänger und Jogger vor dem Altersheim dahinter schützen sollen. Die ununterbrochene Bewegung der Blätter – als wären sie angebundene und immer wieder aufs neue vergeblich zum Davonflattern ansetzende Schmetterlinge – teilte sich meinen Augen schnell mit. Bald flirrte das Laub über meine Pupillen, schwärzlich schon, weil es ja Abend war und das zurückgebliebene rosafarbene Sonnenlicht alle Luft dahinter ausfüllte und durchsichtig tönte. Bis ein kleiner Wimpernschlag mich und die Umgebung austauschte. Die Sonne ging jetzt sofort hinter meinen Augen unter, und im selben Moment hatte ich die Baumkronen unter mir und einen atemverschlagenden Weitblick über die kaltrosa sich hinstreckende, schwarz erstarrte Stadt. Das einzige, was sich immer noch weiter bewegte, waren die Blätter.

Und dem ausgestreckt daliegenden Toten konnte ich mich jetzt endlich entspannt und ruhig nähern. Zuvor war ich immer nur auf ihn zugegangen und hatte kurz vor ihm doch haltgemacht und mich dann auch wieder umgedreht. Ich stieg sogar über ihn hinweg, und noch während ich den linken Fuß auf seinen schwebenden Mantel setzte, sah ich, wo ich angekommen war: auf der vordersten Woge eines Sandmeeres. Ein halbnackter, an einen Baumstamm gelehnt sitzender Mann starrte vor sich hin, die anderen alten Männer arbeiteten für den Toten.

Sie war dabei, auf natürlichem Wege verrückt zu werden, diese Person. Sie behielt das unbeirrt im Auge. Aber es gab ohnehin keine andere Aussicht. Lebend war sie einfach nicht aufrechtzuerhalten. Die meisten Gestorbenen lagen ausgestreckt auf dem Rücken oder wurden wenigstens später hingelegt. Obwohl es auch hängende, kauernde, in Säure zu fast nichts aufgelöste oder unbequem zusammengesunkene gab und sogar einige, von denen nichts als ein Schlagschatten übriggeblieben war. Sehr viele waren auch stehend gestorben, so eng zusammengepfercht, daß sie noch als Tote nicht umfallen konnten.

Das alles berührte die Person nicht sonderlich. Es war ALLGEMEINGUT. Ein bei lebendigem Leibe Informiertsein. Neunzehn Tage nach ihrer Geburt war im selben Wohnort während einer Konferenz der Beschluß gefaßt worden, elf Millionen Menschen zu beseitigen. Damit konnte man leben. Der oberste Teil ihres Kopfes hatte aber merkwürdige Verhaltensweisen herausgebildet. Er konnte nicht zur Ruhe kommen, er pulsierte gegenläufig bei allem, was die Person tat. Er hetzte sich ab bis tief in ihren Schlaf hinein, er machte sich unerträglich schwer, wenn sie sich leicht und schnell durch Straßen oder Unterführungen bewegte. Oft sang er vollkommen unpassende Melodien, manchmal machte er einen Satz bis vor sie hin und malte hastig immer wieder dasselbe Bild auf ihre Augen: ein weicher zuckender Körper in Amöbenform wurde mit stumpfem Gegenstand zerstoßen, zermalmt, zerquetscht. Ihre Augen schlossen sich gern, aber es half nichts.

Es war ihr rohes Gehirn, das nun schon seit über zwan-

zig Jahren in einem Schlachthaus lebte. Genauer, es klebte dort an der Decke. Kaltluft und Zug waren am schlimmsten, aber auch der Lärm trug zur allmählichen Zerrüttung bei.
Vier aufeinanderfolgende Erkenntnisse hatten zu dieser Daseinsform geführt. Die erste war ihr gekommen, als sie ihre Lehrzeit begann und sie ihre Mitarbeiter und Vorgesetzten täglich von mehreren Seiten her sehen und aushalten mußte: Das sind ja alles Verrücktgewordene. Die zweite kam gleich danach und lautete: Jeder bekämpft jeden gnadenlos. Daran knüpfte sich die Erinnerung an die Berufstätigkeit ihrer Mutter, und daß sie es ja schon vorher gewußt hatte, auch, wer immer oben und wer stets unten kämpfte. Die dritte Erkenntnis war: Hier kommt keiner mehr raus. Darum begann sie in ihrer Freizeit mit einer gierigen und rücksichtslosen Jagd nach schönen Gefühlen. Die vierte war die einfachste und für ihr Leben am weitesten reichende: Wirklichkeit, so oder so atemraubend, war nicht nur nicht durchzuhalten, sondern man konnte sie sich von vornherein einfach nicht leisten, es sei denn als vereinzeltes und manchmal wüst aus der Form gehendes Auftrumpfen bei Weihnachtsfeiern und samstags kurz vor Ladenschluß, wenn keine Kunden mehr kamen.
Wie ihr jetzt beim Älterwerden immer wieder ihr Gesicht herunterfiel, sie oft keine Lust mehr hatte, es anzuheben. Es war ja auf Dauer doch nicht tragbar. Wie sie sich dann immer schneller durch die verbleibenden Lebensabschnitte hetzte, kinderlos und mit leichtem Gepäck, aufgerieben von Informationsballungen und von der ständigen Weitsicht. Sie lief auf eine Schranke zu, die sie unabwendbar vor Augen hatte und die sie nicht würde überspringen können. Es war ihr nicht zu teilendes Wissen, auf das sie ununterbrochen zustürzte. Sie wußte, daß es keine andere Richtung gab und daß die

Strecke zu Ende wäre, wenn sie auf es aufprallte und deckungsgleich mit ihm würde.
Nichts war mehr zu leugnen, kein einziges Versteck war übriggeblieben, kein Umweg, keine Abzweigung. Die Wälder waren entlaubt und durchsichtig. Und kalt war es. Männlichere Lebensaussichten konnte sie bei sich nicht anwenden. Denn es fehlte ihnen, was sie erst noch durch Zusammenstoß mit sich selbst und Versteinerung beseitigen mußte: Gedächtnis. Sie hätte sich also einfach hinsetzen und dann geduldig lernen müssen, daß vor und zurück nichts weiter ist oder war oder sein wird. Aber sie konnte sich nicht hinsetzen.
Jetzt lief sie aus dem Haus. Sie hatte es sich dreimal sagen lassen: verschwinde. Bei jedem Schritt wußte sie, daß nichts Besonderes los war. Aber besetzt war sie, durch und durch. Die verschiedenen Besatzungsmächte konnte sie nicht mehr auseinanderhalten. Es gab keine einzige freie Zelle in ihrem Körper, in die sie sich hätte zurückziehen können.
In einem ganz schmalen ungeheizten Badezimmer – eingeklemmt zwischen Wanne und Klo – kniete sie sich plötzlich hin, auf beigefarbene Kunststofffliesen, hob das Gesicht etwas an und öffnete den Mund. Diese Verrückte. Stimmlos sagte sie: Laß ihn mich weiter lieben. Das würde ihr später bestimmt noch mal leid tun. Das Ganze gefiel ihr schon jetzt nicht. Es war unpassend. In ihrem Alter, bei ihrem Wissen. Schließlich gab es eine genau festgesetzte Liebesgrenze für Frauen.
Nun begann es zu regnen. Unter ihrer Regenhaut wurde ihr beim Laufen viel zu warm. Sie schrie in den Verkehrslärm hinein, damit sie nicht doch noch gehört werde. Es war höchste Zeit. Sie müßte jetzt endlich mal nach außen vorstoßen und dort die Schlacht einleiten. Der innere Boden brauchte Entlastung, faßte nichts mehr, lief über. Ein Blutsumpf. Also los. Aber ihr fiel

nichts ein außer wiederholtem Schreien ohne Worte. Wie konnte man einen anderen Körper so fertigmachen wie ihrer jetzt fertig war. Sie war zu durcheinander. Sie brüllte in ihren aufgespannten Schirm. Möglicherweise schrie sie sogar Hilfe! Aber säuberlich setzte sie weiter ein Bein vors andere. Sie wollte aufgegriffen werden, streckte sich nicht viel später auf ein weiches Bett hin und lag auf einmal nicht mehr im Beschuß. Die Gardinen bauschten sich ins Zimmer bis zu ihr herüber, gaben einen gewölbten Ausblick auf bewegtes Platanenlaub frei. Und bis zur Zimmerdecke stieg etwas völlig Unverletztes, nicht einmal leicht Angesengtes hoch. Die Liebe. Sehr unpersönlich und unantastbar. Kalt muß man sein, um wiedergeboren zu werden, aufzuerstehen oder in der Asche nicht verkohlt zu sein. In gleißendem Licht.

Dagegen die austrocknenden Häute der Person, ihre vergrätzten Gesichtszüge, für die es keine Umkehr und keine Auferstehung gab. Trotzdem hatten sich ihre Lippen unwillkürlich zu einem Lächeln verzogen, als sie zur Decke geblickt hatte. Als hätte Imaginäres dieser Art noch irgend etwas mit ihr zu tun, als käme sie noch in Frage.

Im Grunde ging es aber um etwas ganz anderes. Darum nämlich, daß sich Deutschland über einem ausatmete. Unaufhörlich seit vielen Jahren. Auch über der Person. Und darum, daß diese vollkommen verbrauchte Luft natürlich nichts mehr hielt. Ein Sättigungsgrad war erreicht, ein totenstiller Punkt, in dem ununterbrochen die Fäden, die dort zusammenliefen, einander neutralisierten, sich aufhoben zu einem Nichts, in dem alles, was hätte schweben sollen, durchsackte. Was immer neu aufgeworfen worden war, im Nu war es verschwunden, mundtot, unsichtbar, nicht mehr zu ergründen. Deshalb kam es zu den gefährlichsten Situationen, wenn nur noch diese nackt verbrauchte Luft über der Person klaffte. Wenn die Musik nur noch auslief, die Bilder nicht mehr zu Aufenthaltsorten taugten, die Gefühle kein wenn auch noch so fadenscheiniges Netz über die Person mehr spannten. Das war lebensgefährlich. Ja. Dann mußte sie sich hinlegen und liegend mit Gewalt gegen ihr Herz ankämpfen, das raus wollte, irgendwas durchstoßen und bis ins Letzte zerkleinern. Sie mußte mit vielen Tabletten so tun, als sterbe sie nicht, als sei alles ganz normal. Bis hin zu der Liebe, die ganz ohne Daseinsberechtigung danebenstand und nicht von ihrer Seite weichen wollte.

Ich möchte meinen Kopf verschütten und nicht mehr sein. Ich möchte bis ins kleinste Detail und in die winzigste Nebensächlichkeit alles ungeschehen machen. Zurückentwickeln und abtreiben. Mein erster Geliebter soll nicht durch mich, nein, er soll überhaupt nicht gelitten haben. Er soll auferstehen mit einer neuen Frau oder dem, was ihm behagt. Mein zweiter Geliebter soll mich nicht getroffen und geliebt haben. Er soll seine eigenen Wege gehen. Meinen Brüdern wünsche ich eine Kindheit und Jugend ohne mich. Ich will nie erfahren haben, wie es ihnen erging. Meiner Mutter sollen die Wünsche in Erfüllung gehen, von denen sie schon lange nichts mehr weiß. Und der Meerstern soll ihr in einer zweiten Kindheit leuchten. Selbst meinem Vater wünsche ich etwas. Nur erleben möchte ich es nicht.
Ich sauge meine lebenslänglichen Tränenflüssigkeiten ab und überführe sie ins Nichts. Jeder, der mich leiden gesehen hat, hat sich geirrt. Es ging mir gar nicht so schlecht. Natürlich, ich hatte auch etwas davon. Ich war ja am Leben. Wirklich, insgesamt ist es mir immer gut gegangen und ich weiß, daß das Leben schön ist. Ich habe einen ausgeprägten Farbsinn und auch Musik hat mir

oft gefallen. Schlimm waren nur die angehäuften Erinnerungen, die sich nie zersetzten und die ich Tag und Nacht allesamt aushalten mußte. Ein Waffenarsenal unglaublichen Ausmaßes. Und die sich daraus ergebende Erkenntnis, die mir jeden Tag ein Stück mehr über den Kopf wuchs. Nachts wuchs sie auch noch in die entgegengesetzte Richtung, nämlich unter mich, und brach hinterrücks in mich ein.
Aus dem dunkelsten Winkel der Marter der Zehntausend möchte ich mich, entgegen aller Wahrscheinlichkeit gerade noch verschont, fortschleichen und nicht bei der Marter der Gegenwart ankommen. Denn wenn nur noch der Himmel offen ist und es keine andere Laufrichtung mehr gibt, dann ist es zu spät. Hingegen möchte ich – ganz ohne stärkere Gemütsbewegung, aber kurz und bestimmt – mein Leben noch einmal leben in einem der Bilder, die unverdrossen die Ruhe bewahren und in denen die Geschlechter gar nicht erst auf die Idee kommen, gemeinsame Sache zu machen oder Zusammengehörigkeit vorzugeben.
Ein Moment ruhiger und fragloser Fruchtbarkeit im Innern eines Hauses bei stets offenen Türen und Fenstern, vor denen sogleich die Landschaften beginnen. Die Menschen sind eindeutig. Und zwischen allen ist ein schöner geräumiger Abstand, der ihre Bewegungen und Tätigkeiten und Haltungen klar zur Geltung bringt. Es geht nicht einfach zu; dafür sind die Räume zu hoch, die Teppiche zu kostbar, die Bettvorhänge zu üppig, die Faltenwürfe zu gleichmäßig, und die Fliesen zu kunstvoll gelegt, nein, aber sorgfältig geht es zu und ganz ohne Auseinandersetzung und Seitenblick. Und ich will auch gar nicht wissen, wer hier die Rechnungen begleicht.
Eine bringt der Liegenden in einer Schale etwas zu essen; halb hält sie den Löffel, als schmecke sie selber ab,

halb, als wolle sie sie füttern wie ein Kind. Eine andere wickelt Binden auf. Eine dritte, ältere, vor einer niedrigen Holzwanne sitzend, hat den Säugling im Arm und streckt die Finger der freien Hand dem Bottich entgegen, um die Wassertemperatur zu prüfen. Eine vierte hält ein Tuch zum Trocknen vors offene Kaminfeuer. Und ganz hinten, an der Tür, scheint eine fünfte Geflügel zu rupfen. Keine lächelt, keine spricht, keine sieht die andere an. Zwei Hasen fressen, einander zugewandt, das ihnen hingelegte Futter von den Fliesen. Ein einziger Mann, ein alter mit langem Bart, steht auf einen Stock gestützt all dem Geschehen untätig gegenüber. Er blickt zu den Frauen und ins Leere. Die, die geboren hat, liegt, den Oberkörper leicht aufgerichtet und dem Raum zugewandt, in einem Alkovenbett, dessen Vorhänge zur Seite gerafft sind. Ihr auf dem seidigen Kopfkissen angewinkelt ruhender rechter Arm stützt den Kopf ab. Der linke Arm liegt auf der Bettdecke. Ganz nach innen geht ihr Blick unter den schweren, fast runden Augenlidern.
Ich möchte diese Entbundene sein mit dem Abgrund des Alkovens hinter mir, in dem sich alles Unerklärliche in Form einer samtenen Schwärze versammelt hat. Entspannt und lärmlos die Unergründlichkeit im Rücken, Schlafenszeit für das, was noch nicht ist oder schon war. So liegt man bei uns nur noch im Bett, wenn es nicht mehr weitergeht und auch die letzte Notbeleuchtung abgeschaltet worden ist.

Hochverehrter Reichsführer!
In der Anlage überreiche ich, in kurze Form gebracht, eine Zusammenstellung der Resultate, welche bei den Erwärmungsversuchen an ausgekühlten Menschen durch animalische Wärme gewonnen wurden.
Zur Zeit arbeite ich daran, durch Menschenversuche nachzuweisen, daß Menschen, welche durch trockene

Kälte ausgekühlt wurden, ebenso schnell wieder erwärmt werden können als solche, welche durch Verweilen im kalten Wasser auskühlten. Der Reichsarzt SS, SS-Gruppenführer Dr. Gravitz, bezweifelte diese Möglichkeit allerdings stärkstens und meinte, daß ich dies erst durch 100 Versuche beweisen müsse. Bis jetzt habe ich etwa 30 Menschen unbekleidet im Freien innerhalb 9-14 Stunden auf 27°-29° abgekühlt. Nach einer Zeit, welche einem Transport von einer Stunde entsprach, habe ich die Versuchspersonen in ein heißes Vollbad gelegt. Bis jetzt war in jedem Fall, trotz teilweise weißgefrorener Hände und Füße, der Patient innerhalb längstens einer Stunde wieder völlig aufgewärmt. Bei einigen Versuchspersonen trat am Tage nach dem Versuch eine geringe Mattigkeit mit leichtem Temperaturanstieg auf. Tödlichen Ausgang dieser außerordentlich schnellen Erwärmung konnte ich noch nicht beobachten. Die von Ihnen, hochverehrter Reichsführer, befohlene Aufwärmung durch Sauna konnte ich noch nicht durchführen, da im Dezember und Januar für Versuche im Freien zu warmes Wasser war und jetzt Lagersperre wegen Typhus ist und ich daher die Versuchspersonen nicht in die SS-Sauna bringen darf. Ich habe mich mehrmals impfen lassen und führe die Versuche im Lager, trotz Typhus im Lager, selbst weiter durch. Am einfachsten wäre es, wenn ich, bald zur Waffen-SS überstellt, mit Neff nach Auschwitz fahren würde und dort die Frage der Wiedererwärmung an Land Erfrorener schnell in einem großen Reihenversuch klären würde. Auschwitz ist für einen derartigen Reihenversuch in jeder Beziehung besser geeignet als Dachau, da es dort kälter ist und durch die Größe im Lager selbst weniger Aufsehen erregt wird (die Versuchspersonen brüllen (!), wenn sie sehr frieren).

Wenn es, hochverehrter Reichsführer, in Ihrem Sinne

ist, diese für das Landheer wichtigen Versuche in Auschwitz (oder Lublin oder sonst einem Lager im Osten) beschleunigt durchzuführen, so bitte ich gehorsamst, mir bald einen entsprechenden Befehl zu geben, damit die letzte Winterkälte noch genützt werden kann.
Mit gehorsamsten Grüßen
bin ich in aufrichtiger Dankbarkeit
mit Heil Hitler
Ihr Ihnen stets ergebener
S. Rascher

Drei Kindern hatte die Person gar nicht erst das Leben geschenkt. Das Schlimmste aber war, daß sie nirgends mehr hingehen konnte, nein, sie konnte sich überhaupt nicht mehr bewegen. Zum ersten Mal merkte sie das mitten im Laufen. Sie mußte sofort stehenbleiben, denn die Erkenntnis schnitt sie von der ihren Körper umgebenden Luft ab, und ihr Kopf ragte auf einmal in eine ton- und lichtlose Ferne. Das hatte ich mir offenbar selber angetan mit meinem Leben. Sie sah den diffus dunklen Ring, der sie lückenlos umschloß und der in etwa zwei Metern Abstand alles fernhielt, was noch hätte zu ihr kommen wollen oder können. Sie war Zentrum einer undurchdringlichen Zone geworden, die aus unendlich vielen Teilchen ihrer abgestorbenen und an den Rändern unaufhörlich weiter absterbenden Lebensfläche bestand. Ganze Kontinente ihrer selbst waren untergegangen.
Gezügelt überlebte sie auch das. Nun allerdings kam fast kein Wort mehr normal, das heißt beiläufig unterhaltsam dahingesagt, aus ihr heraus. Entweder war sie ganz still und hörte nur das Rumoren und pausenlose Flügelschlagen dieses Ausrottungsvogels in ihr sowie die in bestimmte Richtungen gesprochenen Sätze der Menschen, mit denen sie gerade zusammen war. Oder sie sagte selber Sätze, aber die hatte sie alle einzeln und

nacheinander innen von ihrem Fleisch zu pflücken und nach außen zu transportieren. Wenn sie schließlich an den Stimmbändern hochkamen, waren sie ausgewaschen und unblutig. Sie konnte sie lachend, ernst, freundlich gelassen oder wütend erregt herausbringen, nicht weiter ungewöhnlich, aber keinen einzigen ohne zu schreien.

Gegen Abend verließ ich das Haus. Eine gute Vorfrühlingskälte lag zu beiden Seiten der Gleise, als ich auf den Zug wartete. Und die Helligkeit dehnte sich noch weit über den Himmel aus und hatte sich auch nicht verändert, als ich nach zwei Stationen aus dem Zug stieg und unter der Brücke stehend die Hauptverkehrsstraße mit den vielen Läden hinunterblickte. Hier war die Welt äußerst kühl und betont geschäftig. Ich bog nach einigen Besorgungen in eine Nebenstraße ein, die direkt am Bahndamm entlang führte. Über mir fuhr ein erleuchteter Zug durch. Es wurde jetzt schnell dunkel. Aber wegen der Klarheit des Himmels blieb die Dunkelheit vollkommen transparent. Deshalb auch hörte der winzige Vogel auf dem Baumstumpf jenseits der Mauer nicht auf zu singen. Nur ganz kurz unterbrach er sich, als ich unter der Mauer entlangging. Ich war nicht mehr erregt, aber ganz unbeteiligt und leidenschaftslos. Und ohne jeden Anschluß. Menschen wie mich dürfte man nicht so lange leben lassen, schon aus humanitären Gründen nicht und auch, um Schlimmeres zu verhindern.

Der Vogel gab immer wieder eine bestimmte, locker hingeperlte Tonsequenz von sich, die er jedesmal nach kurzem Innehalten vom Ende her wieder einzuholen versuchte, als ob er gerade ein bißchen zu weit gegangen wäre. Er sog die Töne mit einiger Anstrengung in sich zurück, und sie klangen wie sich umkehrende Schluchzer, die draußen nur darauf gewartet hatten, von einem Körper wieder aufgenommen zu werden. Jede einzelne

Sequenz klagte er regelrecht ein, in diesem Stück Vorstadt, durch das ich gerade wieder einmal ging, als zurechtgefolterte Restperson, Trümmerüberbleibsel der Lebenden.
Seit wann hatte ich mich bloß so verändert? Vielleicht waren es auch nur die Auswirkungen eines zu langen weiblichen Lebens.
Jetzt noch einmal, mitten in Deutschland, am selben Wohnort, ließ das Bild mit dem liegenden Toten mich alternde und in diesem Moment schwerkranke Person ein. Obwohl die Museumswärter mir auch noch die Bank unter meinem Körper wegziehen wollten, weil ich sie zuvor um einige Zentimeter aus der Mitte des Raumes auf das Bild zu gerückt hatte. Vor innerer Schwärze konnte ich wirklich nichts mehr sehen, dafür sah ich in das Bild hinein wie in einen aufgeschlagenen Weltatlas, in dem man den Ozeanen bis auf den Grund schauen kann.
Nahezu jeden Morgen, noch im Bett und im Winter auch noch im Dunkeln, erhebt sich mein Leben und tritt aus mir heraus als Würgeengel mit umgebundener Fleischerschürze und quält und reizt mich bis aufs Blut, bevor es mit der Arbeit beginnt. Bei dieser Tätigkeit reiben sich bisweilen die Flügel aneinander. Bis unter die Bettdecke höre ich diesen schilfig schleifenden Ton. Manchmal ergibt sich auch ein nervös hektisches Flattern, so daß ich mich, schon vollkommen aufgestört, frage, wer hier gerade wen erledigt. Oft kommt es, viel später, erst wieder zu mir, nachdem ich stundenlang auf dem einzigen Sessel in meinem Zimmer gekauert und die letzte Körperfeuchtigkeit aus mir herausgeschluchzt habe. Den Kopf in die hohlen Hände auf den Knien gelegt. So bilde ich, zitternd und verklebt, wenigstens eine fast geschlossene Einheit. Und meine Augen bleiben hinter meinen eigenen Fingern verborgen. Warum schluch-

ze ich jetzt, frage ich dann oft in mich hinein, warum tue ich nichts anderes. Aber ich kann nichts anderes tun.
Wenn ich keine andere als diese unumkehrbare Laufrichtung finde, wird es meine Hinrichtung. Ja, denn vielen geht es so.

Sieben Sekunden Bolzenbeschuß gegen den Schädel sind gesetzlich vorgeschrieben. Aber keiner hält sich an die Vorschrift, da sie zu erheblichen Lohneinbußen führen würde. Je höher die Stückzahl der Getöteten, desto mehr Geld. Also sind zwei bis drei Sekunden Schädelbeschuß die Regel. Danach wird eins der Hinterläufe an eine Oberleitung gekettet. Ein Stilett schlitzt die Kehle auf. Bisweilen geschieht das noch gerade während der zwei bis drei Sekunden andauernden Betäubung, meistens aber wird das Messer erst angesetzt, wenn die Betäubung wieder nachgelassen hat und das Bewußtsein zurückkehrt mit einem Schrei. Das meiste Fleisch blutet sich zu Tode, kopfüber durch den Schlund.
In etlichen Schlachthöfen hält man sich ein Judasschaf. Manchmal ist es auch eine Ziege. Es steht bereits vor dem Schlachthaus, wenn der nächste Lastwagentransport von Schafen ankommt. Das Judasschaf dreht sich um und führt die Herde unfehlbar und klar auf eine Plattform, von da in einen Betonhohlweg, über schmale Brücken, Abhänge hinunter, um Ecken herum; die Schafe folgen und kommen so schließlich bei einer Tür an. Das Judasschaf tritt jetzt zur Seite, die anderen Schafe gehen durch die Tür und werden sofort betäubt, aufgehängt undsoweiter. Das Judasschaf geht den Weg zurück und erwartet die nächste Herde.

3.
New York, mit einem Schrei

Diese Person flog nun nach Amerika, das muß man sich mal vorstellen. Sie sagte noch am letzten Abend vor der Reise zu sich selber: Morgen fliege ich nach New York. Und: Ich bin ja noch nie in Amerika gewesen. Sie dachte dabei an eine links von ihr liegende, vollkommen belanglose Entfernung, die irgendwo an einer nüchternen, flachen Küste bei stets unangenehmem Wetter in ein hochgebautes Grau einmündet.

Als sie in der Morgendämmerung mit ihrem Geliebten aufs Taxi wartete, sagte sie noch einmal stimmlos in sich hinein: Jetzt ist es soweit, in etwa sieben Stunden bin ich in New York. Als wäre das ein Ereignis. Dabei wollte sie weder abreisen noch ankommen. Sie hatte auch keine anderen Wünsche, nur Grundbedürfnisse, die jeweils schnell befriedigt werden mußten, wenn heftiges Leiden vermieden werden sollte. Sie war erleichtert und dankbar, daß er sie noch einmal begleitete. Er würde sie mit durchziehen. Von Nullpunkt zu Nullpunkt. Vielleicht würde sich das Ganze im Halbschlaf überstehen lassen. Von allen guten Geistern verlassen.

Ich hätte mich nicht auf diese Reise begeben sollen. Ich bin in New York gewesen, auf Long Island und anderswo, ich habe die größte Reise meines Lebens gemacht, bin aber weder abgereist noch angekommen noch zurückgekehrt. Ich brauchte dringend eine Auferstehung, ein Aufreißen der Wolken, Auffahren, was immer, um von erhöhtem Standpunkt aus noch einmal und in aller Ruhe überblicken zu können, wie ich, todmüde, über die

Breiten- und Längengrade transportiert worden sein muß, und wie tief darunter Atlantischer Ozean, Grönland, Kanada ineinander übergingen, unnahbar und eiskalt.
Um diese Zeit herrschte ruhiger Schneefall, und ganz still war es auf den Berliner Straßen, die ich vom Taxi aus leblos wiedererkannte. Beim Warten an einer Kreuzung konnte ich einmal das verborgene automatische Umschalten der Ampelanlage von Rot auf Gelb und Grün hören. Es war Sonntag, und obwohl der Tag hier noch gar nicht richtig angefangen hatte, war er schon bis auf den Grund zu durchschauen, als wir am Flughafen ankamen.
Der Schnee fiel jetzt dichter. Als wir im Flugzeug saßen, mußte noch vor dem Start der Rumpf mehrmals von Schnee und Eis befreit werden. Unmittelbar über unseren Köpfen war dieses schabende und schrappende, pappig abgedämpfte Geräusch zu hören, als würden richtige Schneeschieber betätigt. Dann plötzlich ein Schwappen und Fließen; wohl um erneutes Vereisen zu verhindern, wurde der Rumpf von einem schwenkbaren Kran aus mit irgendeiner Chemikalie übergossen. An den Fenstern rutschte tauender, wäßriger Schnee ab. Das Flugzeug setzte sich in Bewegung, langsam und schwerfällig schob es sich durch das erstickende Grau dieses unaufhörlichen Schneefalls; ein kurzer Halt noch auf der Startbahn, ein hartes Durchdrehen der Räder, die nicht mehr griffen; mein Geliebter sagte, na ich weiß nicht, und das Flugzeug hob ab und flog.
Ich bin eine Frau, ein Mädchen, ein weibliches Kind. Ich bin aus Deutschland. Von klein auf habe ich mich nicht davon ablenken lassen, ruhig erregt und ohne den Blick abzuwenden auf die Katastrophen zu starren und sie als solche zu erkennen. Es war aber auch niemand da, der

versucht hätte, mich davon abzubringen. Zu drei oder vier Menschen unterhielt ich Gefühle, die sich kein Lebender leisten kann; ich nannte sie Liebe und Mitleid.
Nach der Arbeit – einmal im Sommer – war ich einsam und schwitzend an den Tegeler See gefahren. Auf dem Weg zur Promenade, auf der ich ein paarmal hin und her gehen wollte, kaufte ich mir einen kurzärmligen Bouclépullover wegen der Farbe und auch, weil ich meinen Lohn nicht behalten konnte. Im Vorbeigehen hatte ich den Pullover im Fenster liegen sehen. Ich kehrte nach kurzem Zögern um, sah noch einmal ins Schaufenster, betrat den Laden und kaufte. Das Indigoblau hatte mich unwiderstehlich angezogen, nachdem ich von 4.30 Uhr bis 13.30, mit zwei kleinen Pausen, gestapeltes Schnittbrot vom Fließband genommen und auf eine Waage gelegt hatte.
Der Farbton stellte umgehend etwas her, das dem Tag bis dahin deutlich gefehlt hatte. Plötzlich war eine Tiefendimension da in dieser Hitze, eine innere kühle Entfernung, auf die man zugehen konnte, ohne gleich wieder mißmutig beim nächsten Morgen anzukommen. Ich zog den Pullover gleich im Laden an und hatte nun nicht mehr genug Geld, um mir ein Eis zu kaufen. Aber auch so ging ich einige Male auf der Promenade auf und ab mit dem Gefühl, das Leben sei schön. Obwohl selbst mit dem neuen Pullover kein Mann mich ansah und ich die ganze Zeit wußte, daß ich in etwa einer Stunde zwei Scheiben Grahambrot mit Aufschnitt im Wohnzimmer meiner Wirtin essen und gleich danach ins Bett gehen würde, weil ich um halb vier wieder aufstehen mußte.

Ich konnte es mir nicht gleich eingestehen, aber ich sah es sofort und hatte es im Grunde auch nicht anders erwartet: in New York war überhaupt nichts los. In manchen Momenten erzeugte das eine kaum verkraftbare Spannung, einen Schwall hinstürzender Gefühle, die gar nicht wieder aufstehen mochten und die ich doch immer wieder hochzerren und mitreißen mußte, denn man kann nicht einfach zum ersten Mal nach Amerika kommen und nichts dabei finden. Schon der Gastgeber wegen geht das nicht.

Jetzt traten wir aus den niedrigen Hallen des John F. Kennedy-Flughafens in einen ganz unbedeutenden Tunnel. Und da stand das Auto unserer Gastgeber, groß und ausladend leer, genau wie ein amerikanischer Wagen. Und dann saß ich auch schon in ihm und die Fahrt ging los und das Gastgeberpaar und mein Geliebter unterhielten sich, als wäre nichts geschehen und als kämen wir mindestens einmal täglich in New York an und würden einmal täglich von ihnen abgeholt. Ich kannte ja auch schon alles, zum Beispiel das Geräusch des sehr gleichmäßig laufenden Motors auf gerader Strecke und wie jeweils beim Beschleunigen dieses Geräusch sich veränderte und mir das deutliche Gefühl gab, die anziehende Geschwindigkeit sei von einem abgegrenzten Zentrum auf Kugelketten übergesprungen und perle nun an ihnen entlang, immer von vorn nach hinten, und erzeuge dieses wohltuend auf den Körper sich übertragende schwere Surren und Vibrieren und werde am Ende des Wagens laufend vom Auspuff auf die Straße abgeleitet, wo dadurch in jedem Augenblick Tausende von runden Schnelligkeitspartikeln aufschlugen, zerstäubten oder vielfach zerkleinert entrollten. Und auch das leichte Schwanken und Schlingern der Metallic-Limousine vor mir, ein schwerer würdiger Rumpf gegen die starr vorbeigleitende Gegend, war ein zu spät stattfindendes Ereignis.

Und dann die Skyline, natürlich, irgendwann mußte sie ja auftauchen. Und auch die Brücken und alles das. Nur

daß es vorher, vom Flughafen an bis hierher, durch eine derartig langgestreckte landschaftliche Nichtigkeit gegangen war, in der links über vollkommen kahlen, braunen Erdaufschüttungen Möwen gegen irgendetwas ansegelten, und rechts Ried und Dörrgras inmitten von verstreutem Abfall – störrisch aufgerichtet – meilenweit verödete, das hatte ich mir nicht so gedacht. Und ich machte, mitten in Manhattan – unsere Gastgeber hatten gerade mit einem Ton der Aufforderung gesagt, daß wir jetzt da seien – die Augen zu, weil ich sie wirklich nicht mehr offenhalten konnte; denn mein gesamtes Körpergewicht und noch mehr war hinter meine Stirn gestiegen und drückte von dort herab auf mich, und zuerst gaben die Lider nach. Und ich hatte kein einziges schönes Gefühl, weder in mir noch um mich herum.
Wieder kam die Person letztendlich an einem Ort an, legte sich auf das ihr zugewiesene Bett und schlief sofort ein, neben ihrem Geliebten, wie im Abgrund aller je abgelaufenen Zeit. Und in genau diesen Abgrund hinein erwachte sie auch. Etliche Meilen von New York entfernt.
Mit den ersten Geräuschen, die in ihr aufkommendes Wachsein drangen – die Stimmen der Gastgeber und ihrer Kinder und die gleichmäßig und wie unter Druck ausgestoßenen Pfeiftöne einer offenbar ganz nah vorbeifahrenden Vorortbahn, die aus einer unerträglichen Einsamkeit und sinnlosen Landesweite zu kommen schienen und aus vielen einst gesehenen und nutzlos gespeicherten Western-Filmen – mit diesen ersten Geräuschen erhob sich in ihr, während sie aber weiter auf der Seite lag, eine so unmäßige Übelkeit, als sei ihr gesamtes Körperinneres von Anbeginn an geschändet worden und als hätten alle ihre Gehirnzellen einzeln, nacheinander und unaufhörlich das Gelände abzuschreiten, damit keine Erinnerung je verlorengehe, so lange sie lebte und

noch weit darüber hinaus. Ein einzelner Mensch, eine Frau, ein weibliches Kind. Über die Liebe hinaus. Und mit allen Gemordeten als Wegzehrung, street-wise, hin zu dem einen Moment, wo die Töne, Geräusche, Mißlaute, das Gelächter und die Schreie in Musik übergehen. AVE MARIS STELLA. Ich komme dahin. Ich werde kalt werden und nichts mehr brauchen. Nicht mehr aufgespannt zwischen Himmel und Erde. Ohne Schrei und überhaupt lautlos.

Vorläufig aber mußte alles noch ausgehalten werden. Auch New York. Obwohl sie es gern, wie alle Zukunft in eins, übersprungen hätte. Aber sie fand keinen Ausweg und keine Abschußrampe.

Morgens fuhr sie mit ihrem Geliebten in die City. Sie war sehr müde und sehr wach zugleich, und sie merkte deutlich, wie die Dinge, wie die Gesamtheit dessen, was hier vorkam, eine vollkommen übersteigerte Erwartungshaltung ihr gegenüber einnahm. Ja gut, die Scheiben der Vorortbahn waren getönt, so daß das Draußen, vorbeigleitend oder stillstehend, ausgelaugt und bleich aussah. Und die Menschen hatten Tragetaschen aus Papier oder Plastik bei sich, deren Größe sofort verriet, daß man hier auf einen Schlag das Drei- bis Vierfache der Durchschnittsmenge kaufte, die die Person normalerweise, und das auch nur samstags, nach Hause trug. Und als es später regnete, nicht einmal außergewöhnlich heftig, waren die Straßen im Nu überflutet, und der Geliebte und sie mußten oft weit auseinandergehen, um getrennt und auf Zehenspitzen jeweils die nicht überfluteten Stellen zum Weiterkommen auszunutzen. Auch lagen, in der Mitte der Straßen oder am Rand verstreut, Hunderte kaputter Regenschirme herum; sie staken in Mülltonnen und Abfallkörben, mit geknickten Speichen und eingerissenem Spannstoff, allen anderen Müll überragend wie die zerspellten Flügel sehr großer Vögel. Und einmal drehte die Person sich um und wußte für den Bruchteil einer Sekunde nicht mehr aus noch ein, denn im Regendunst hatten die Wolkenkratzer dieses Straßenschachtes sich mit dem letzten bißchen offenem Oben dunkelgrau vereint und es somit beseitigt; und wirklich, sie irrte sich nicht, es regte sich gar nichts in diesem Sekundenteilchen, als sei der Schacht ausgekippt worden. Aber wohin bloß. Das war komisch. Keine Bewegung und kein Laut mitten in New York. Gleich danach ging es natürlich weiter.

Sie hatte noch viel später den Wunsch, diesen winzigen Zeiteinbruch wieder ins Leben zurückzuholen. Und sie wäre gern mit einer johlenden Meute da entlanggerannt oder hätte gern inmitten vieler Menschen mehrere Gläser Bier geleert, genau da, in diesem Schacht, ohne Sinn und Verstand, aber von Geräuschen begleitet.

An vielen Stellen dampfte es von unterhalb der Straßen herauf. Das war klar etwas Dringendes, ein hektischer Überdruck, der sich schleunigst Luft machen mußte. Überall unter den Straßen schien es zu kochen. Der Dampf schoß in weißen geraden Säulen aus offenen Gullis hoch, oder er preßte sich an den Rändern der Betondeckel heraus, brachte die Deckel zum Schlingern und Tanzen, verteilte sich, da schon etwas entkräftet und träge geworden, diffus in der Luft oder wurde, je nach der Stärke des Verkehrsaufkommens und nach den spezifischen Luftstromverhältnissen, in viele kleine fasrige Fetzen zerrissen, die sich dann sofort auflösten.

Da die Straßen hier aber einfach durchnumeriert sind und schnurgerade verlaufen, wie man ja weiß, mündeten auch diese kleinen Vorkommnisse schnell in die allgemeine Ereignis- und Spurenlosigkeit. Überhaupt war der ganze Aufwand nicht zu verstehen: die Höhe der Gebäude, der Auto- und Menschenfluß. Es sei denn, die Straßen erforderten den Aufwand, sie waren die eigentliche Veranstaltung. Ja, das mußte es sein. Wenn ich doch bloß rasend schnell irgendwo ankommen könnte.

Für den Abend und die folgenden Tage und Nächte hatten sie die Adresse eines Freundes ihrer Gastgeber bekommen. Es war stetig kälter geworden, tagsüber, nach dem Regen. Jetzt, im Dunkeln, auf dem Weg zu ihrem Nachtquartier, begann es leicht zu schneien. Sie trug einen viel zu dünnen Mantel für diese Temperaturen.

Die Haustür wurde aufs Klingeln hin und nach einem durch die Sprechanlage ausgetauschten und zuvor telephonisch vereinbarten Code elektronisch entsiegelt. Aber öffnen ließ sie sich noch nicht. Sie mußten sich erst mit ihrem gesamten Körpergewicht und großer Entschlossenheit – als gelte es, dem Außen dringend zu entkommen – gegen sie stemmen und sie so aufdrücken, und dann schnell aus dem Öffnungswinkel ins Innere treten, damit die Tür sie nicht wieder hinausschob oder einklemmte. Hinter ihnen schloß sie sich schnell, trotz der Schwere, und mit einem weich abgedämpften Klicken.

Es zischelte und köchelte aus dem Heizkörper der Eingangshalle. Die Luft war so heiß wie im brütenden Hochsommer. Oben im Apartment des Freundes schien sie noch heißer und ausgedorrter. Die Hitze, über den ganzen Körper verteilt, setzte sich unter ihre Haut. Sie blähte ihre Beine und Füße auf, und ihr Kopf wurde schwerzungig und bleiern. Auf der Stelle umfallen, vom Stuhl gleiten, hinsacken – das waren Erlösungsvorstellungen, die nicht verwirklicht werden konnten. Denn der Freund freute sich über Besuch. Es war ihm vollkommen gleichgültig, woher die Person und ihr Geliebter kamen, er fragte auch nicht weiter nach ihren Namen und schon gar nicht nach dem, was sie taten. Vielleicht war ihm das alles ja auch schon bekannt durch die Gastgeber. So oder so tat es für ihn nichts zur Sache. Er wollte nur ihre Gegenwart, bewirtete sie dafür freund-

lich mit Bier und Wein und Orangensaft und redete unaufhörlich auf sie ein.
Ganz zu Anfang ging es um Politik, dann schon etwas ausführlicher um seinen Beruf. Er arbeitete an einem Universitätsinstitut über den psychologischen Unterschied von Schwarz und Weiß. Er lachte beim Erzählen. Er sagte die Wahrheit. Dann schließlich ging er über zu dem Thema, an dem er von da an hartnäckig festhielt. Morgens, mittags, abends, je nachdem, wann sie ihn trafen, breitete er es vor sie hin. Denn eine Geliebte hatte ihn kürzlich verlassen, obwohl er sie hatte heiraten wollen. Er hatte wirklich alles getan, um sie zu gewinnen und zu halten. Er hatte sie einmal sogar in einen Wald und nach dem romantischen Ereignis wieder hinausgeführt, obwohl seine Freunde ihn schon seit Stunden zum Essen erwarteten. Er hatte ihr deutlich mehr geboten als sein Rivale. Und dennoch hatte sie sich unbegreiflicherweise für jenen anderen entschieden. Er sei fertig, bis eben habe er noch geweint, obwohl er wisse, daß man ihm das nicht ansehe; und so gehe das Tag für Tag.
Ich fragte, ob ich das Fenster kurz öffnen dürfe. Ich schob den unteren Fensterteil hoch, lehnte meinen Oberkörper weit hinaus ins Schneetreiben und ließ meine Ohren wie Bombentrichter sich füllen mit dem gewaltigen Lärm der Außenwelt. Wo konnte ich bleiben. Eine Gruppe junger Schwarzer tanzte an der Straßenecke. Ihr booster stand auf der Kühlerhaube eines geparkten Autos und überdröhnte gleichmäßig alles andere, die Kranken- und Polizeiwagensirenen, das Hupen und Schleifen der vorbeifahrenden Autos, den Flugzeuglärm. Obwohl sie kaum mehr als dreißig bis vierzig Zentimeter voneinander entfernt waren, unterhielten sie sich, indem sie Sätze und Worte einander zuriefen. Der Schnee machte ihnen nichts aus. Er wehte über sie hinweg, an ihnen vorbei. Sie knickten in den Gelenken ein,

verdrehten ihre Oberkörper, ihre Füße und Hände. Sie steuerten sich selber weich und maschinell. Ich schloß das Fenster. Und später, auf der Matratze am Boden, verging der Abend, der ganze Tag in meinem mühseligen Körper, kopflos und zäh.

NACHTMASSE schiebt sich in jede Öffnung, durch alle Ritzen und Fugen und Windungen und verbarrikadiert die Welt heute noch und jede Nacht. Die Schlaflosen – oder wenigstens einige unter ihnen – begegnen den Gestorbenen. Mit unter der Schwere fast eingedrücktem Brustkorb müssen sie, nur weil sie nicht schlafen können, auch noch von ihrem knappen Atem abgeben. Den Toten, die ja doch nie wieder schreien werden, weil ihre Lungen geplatzt sind, und die nicht einmal ein Skelett, einen einzigen Knochen aufzuweisen haben.
Die Person hat einen wild ausschlagenden Anfall in dieser Nacht. Sie fließt blutig über. Wie jede Nacht.
Ihre Erinnerungen sind unheilbar krank. Wie immer schon.
Mit den zwei Geliebten ihres Lebens sitzt sie in einer Gefängniszelle. Sie ist sehr alt, aber ihre Geliebten sind jung geblieben. Und sie freut sich darüber, für sie. Sie sollen leben. In welcher Welt weiß sie auch nicht. Ihre Brüste beginnen von ihr wegzuwachsen. Und sie werden sich bald von ihr losreißen. Ihr Unterleib ist nicht mehr da. Die Wölfe heulen in der Ferne, jenseits der Gefängnismauern. Kinder lärmen durch die Nacht, ewig müssen sie spielen.
Sie sieht zum Fenster. Es ist ihr jetziger Geliebter. Er versperrt die karge Aussicht. Links und rechts die Zellenwände. Sie dreht sich um zur Tür hinter ihr. Es ist ihr erster Geliebter. Er ist verschlossen. Der Schlächterengel tritt aus der Luft herein. Wie üblich kommt er überall hin. Er spaltet mit der Axt beiden Geliebten den

Schädel und stellt sich anschließend vor Fenster und Tür, ohne die Geliebten weiter zu beachten. Sie muß sie retten, und wenn sie tausendmal tot sind. Sie singt, aber der Mörderengel ist Fenster und Tür und hat keine Ohren und nicht einmal einen Mund. Sie singt weiter. Es muß sich etwas rühren, gleich, zum Leben hin. Schon bald schreit und singt sie es durcheinander, dasselbe Lied. Der letzte Schrei dieser Nacht stürzt sie aus der Gefängniszelle und rettet sie aus solchem Schlaf; es ist der erste Schrei des Tages.

Von der Matratze aus, halb aufgerichtet, noch in vollkommener Dunkelheit, hörte sie, wie es widerhallte. Daß ihr Geliebter neben ihr lag und ruhig weiterschlief, daß es dunkel war und sonst fast lautlos, erleichterte sie und dämpfte ihren Herzschlag. Aber es reichte nicht hin. Denn irgendwo, auf halber Strecke stehengeblieben, lauerte noch das Echo, abrufbereit.

In New York hingegen begannen die Lebenden bald danach umstandslos einen neuen Tag. Und wie sie es machten, das verstand ich sofort. Ich erkannte es als die womöglich einzige Alternative zu meiner allmorgendlichen Neubeleibung, bei der ich, allein und heimlich, immer eine viel zu schwere Arbeit zu leisten habe. Ich muß nämlich eigenhändig meinen Körper aufsammeln, alle die Einzelteile, die oft verstreut herumliegen. Ich hebe sie auf, obwohl ich selber noch ganz gelähmt bin; ich wickle sie aus mehreren Lagen Bandagen, widerwillig und mit klammen Fingern; oft entgleiten sie mir dabei noch einige Male. Dann muß ich das Leichengift aus ihnen saugen, und dann erst beginnen sie sich endlich zu regen und ich spüre allmählich ihr Lebendgewicht. Zum Schluß bin ich es, eine Person im Erregungszustand, durchaus zusammengehörig.

Daß die Nächte immer so ausgehen müssen, das verstehe ich bis zum heutigen Tage nicht. Das könnte doch auch anders sein. So wie in New York eben, wo sie abends in den relativ breiten Straßen ihre Autos in zwei, manchmal sogar drei Reihen nebeneinander parken, auf jeder Straßenseite. Und so haben sie dann allen Grund, morgens den Tag mit dieser gleichmäßigen Wut zu beginnen, dieser Wut, die doch nötig ist, um überhaupt aus dem Bett und dem Haus zu kommen und den Dingen sofort angemessen zu begegnen, nämlich ohne Lächeln und Gruß und anderes überkommenes Getue.

Sie setzen sich in ihre Autos und drücken auf die Hupe. Sie hupen und hupen. Oft bis zu einer halben Stunde und länger, je nachdem, wann die anderen, die, deren Wagen in zweiter oder dritter Reihe geparkt sind, kommen und wegfahren. Das einzelne Hupen bricht ab, setzt neu ein; man erfindet, auf dieser einen Tonhöhe, verschiedene Rhythmen. Man kann so Zunahme von Ungeduld und Wut ausdrücken und bleibt doch im Rahmen, weil der Ton sich in Höhe und Tiefe nicht variieren läßt. So hupt sich New York, im Winter noch im Dunkeln, aus dem Schlaf. Der Lärm ist an alles gerichtet, auch an den Tag im allgemeinen.

Ja, das war wohltuend, dieser Aufwand, nur um einen weiteren Tag zu beginnen, um sich überhaupt erstmal mit dem Auto in Bewegung setzen zu können. Er stand genau im richtigen Verhältnis zu der grauen Schneeluft, der Kälte draußen und der Hitze drinnen und zu dem Allgemeinlärm und Gedröhn des Tages. Da wußte man gleich, worum es tagsüber im Leben geht.

Der im Bericht vom 4. IV. geschilderte Versuch wurde bereits 4mal wiederholt, und zwar jedesmal mit den gleichen Resultaten. Die letzte VP Wagner ließ ich nach Atemstillstand durch Druckerhöhung wieder ins Leben kommen. Da die VP W. für einen terminalen Versuch bestimmt, durch einen neuerlichen Versuch kein neues

Resultat in Aussicht stand, außerdem Ihr Brief damals noch nicht in meinen Händen war, setzte ich anschließend einen neuen Versuch an, den die VP W. nicht überstand.

Auf dem Weg zur Untergrundbahn war mein Geliebter noch bei mir, aber ich war schon ganz allein. Pulverfeiner Schneestaub wehte in sich ständig erneuernden Schleier- und Nebelfetzen über den aufgerissenen und zerborstenen Asphalt und ließ sich an keiner Stelle nieder. Männer standen am Eingang in den Schacht und hielten braune Papiertüten, aus denen nur der offene Flaschenhals ragte, in ihren geschwollenen blauroten Händen. Mit der freien Hand faßte mich einer am Mantel und forderte Geld für einen Kaffee. Der Wind fegte Zeitungsseiten und durchfettete Chipstüten an ihren Beinen hoch bis zu den Knien. Unten im Bahnhof mußte ein langer feuchter Gang passiert werden, der durch schwere Eisengitter bis zur Decke von dem Bahnsteig und den Gleisen getrennt war. Ein plötzlicher naßkalter Luftschwall und ein gleich darauf einsetzendes Rütteln und Donnern kündigte den einfahrenden Zug an. Mit schrillem Quietschen und Pfeifen kam er zum Stillstand.

Der Platanenstamm gleich vor dem Ausgang der U-Bahn überraschte mich. Mit jedem Schritt, den ich die Treppen zur Straße hochstieg, wuchs er vor mir. Er war ein übriggebliebener letzter aufrechter Leib. Und als ich ihm den Rücken zukehrte und in eine andere Richtung davonging, wußte ich, daß ich von nun an ganz abgeschnitten war. Es war vor allem der scharfe Wind. Haut und Fleisch bereiteten ihm kein Hindernis. Leicht zertrennte er sie und legte das Skelett frei für die Kälte, die nun in wütenden Stürmen sich gegen mich stemmte, an mir riß und zerrte, um mich herumfetzte und keine einzige Ruhe ließ.

Ich lief an diesem eckigen Park entlang, ein Knochenmensch, ein Gestell mit aufflatterndem dünnem Mantel. Nie wieder würde es Aufwärmung geben. Sandkörner durchschlugen mich und prasselten herumgewirbelt noch einmal gegen mich. Und die Sonne schien und der Himmel war blau. Es zwang die Augenlider nach unten, legte Eisschollen auf sie und drückte sie bis tief in die Schädelhöhlen, so daß feuriges Wasser hervorquoll und brennend an mir herunterlief. Bei dieser Kälte.

Wenige Minuten später, in der Eingangshalle des Museums, war auch ihr Skelett nicht mehr spürbar. Beim Ablegen des Mantels tastete sie über ihrer rechten Hüfte die Rocktasche ab, weil sie ein Taschentuch suchte. Aber es war, als berühre ihre Handfläche einen formlosen Fremdkörper aus Schaumgummi, die Oberfläche lau elastisch abweisend.

Es mußte sehr warm sein. Die Besucher gaben jedenfalls so viel wie möglich an der Garderobe ab. Danach sahen sie sich entspannt erwartungsvoll um. Die Halle war wirklich übergeräumig, besonders nach oben hin. Keiner der Blicke traf die Person. Sie begann, die für sie viel zu breiten Treppen hinaufzugehen. Eine nicht wieder warm werdende Unerheblichkeit, von Stufe zu Stufe aufsteigend. Etwas überflügelte sie auch jetzt noch, krümmte und wand sich in die Luft hinein, tränenlos stumm, und überblickte hakenschlagend alles Gewesene. Es war ihr Schmerz, der sich über die unfühlbaren Reste erhoben hatte und dennoch unbeirrt mit ihr verbunden blieb.

Ich war im Museum, eine alltäglich Lebende, unertastbar und erkaltet bis ins Knochenmark. Ich liebte, mein Herz klopfte und mein Atem ging schwer, obwohl ich seit Monaten so gut wie keine Zigaretten geraucht hatte. So bewegte ich mich auf den Bröckelthron zu, auf dem der zu Ende Erschöpfte, der Umgebrachte saß, notdürftig gehalten und gestützt von Rückenwand und Armleh-

nen, mit zur Seite gefallenem Kopf und geschlossenen Augen, als sei er hier, an Ort und Stelle – im heißen Klima, unter diesem schwül gewittrigen Himmel und wie die beiden alten Männer, die zur Linken und zur Rechten vor ihm sitzen, fast ganz nackt – mitten in der größten Übermüdung eingeschlafen, den Mund leicht geöffnet, und als habe er noch nicht gewußt, daß er nie wieder aufwachen werde.
Bisweilen sind die Gesichter der erst Gefolterten und dann Umgebrachten so vollkommen vorwurfslos und entspannt wie dieses hier, der Erleichterung des Totseins auf immer hingegeben.
Ich allerdings muß es an mir selbst erledigen. Keiner tut es mir an. Zuerst schneide ich mir die Lieben aus meinen Eingeweiden. Da sie auch draußen weitermachen, muß ich sie erwürgen, ausmerzen, die Reste begraben und dann täglich kalt über sie hinweggehen.

Es ist jetzt Ende August und so gut wie keine Stimme antwortet mir mehr. Gesichter erkenne ich kaum noch und welches Kleid ich auch anziehe und wie sorgfältig ich auch geschminkt bin, es sieht mich doch keiner an. Die Geliebten haben damit zu tun, auf verschiedene Weise nicht völlig unterzugehen. Nach wie vor bin ich ganz auf ihrer Seite, bisweilen möchte ich sie – immer noch – von oben bis unten abküssen, aber ich tue es nicht, und überhaupt laufe ich andauernd Gefahr, mich lächerlich zu machen. Ständig verdüstern sie sich in meiner Gegenwart, so daß ich die Hand nicht vor Augen sehe. Oder sie haben diese Aura von Rembrandtdunkel um sich, in der ich nur als eingewölkter, totenstiller Molch vorkommen darf, mit tief innen vor Angst erregt vibrierendem Winzigherzen, daß bloß meine flammend rote Unterseite nicht zutage komme. Überhaupt, nur kein Licht werfen und keine Bewegung in diesem Sommer, in dem ich endgültig vergessen habe, worin der Unterschied zwischen Lebendigsein und Totsein besteht und was es sonst noch an Differenzen geben könnte.

Jeden Tag geschieht etwas, aber es ist ähnlich wie mit den Gesichtern, ich erkenne auch das Geschehende kaum mehr. Die Gründe dafür sind mir unklar. Es ist nämlich wirklich angenehm hier, und vieles geht nahtlos ineinander über.

Manchmal, wenn auch äußerst selten, sehe ich mich noch kurz irgendwo mit erhobenem Kopf entlanggehen. Eine schlanke weibliche Person mittleren Alters – *Du hast mir Haut und Fleisch angezogen; mit Gebeinen und Adern hast du mich zusammengefügt* –, die etwas vorzuweisen hat, was, das spielt ja keine Rolle. Die sich selbstverständlich von Zeiteinheit zu Zeiteinheit bewegt und weiß, wie mit oder ohne Würde beinahe alles zu bewältigen ist. Insbesondere stimmt der Abstand zu den meisten Menschen und der nicht anders als flott zu nennende Umgang mit Ereignissen aller Art. Es herrscht so etwas wie Geräumigkeit, in der die Person immer genau am richtigen Punkt zugespitzt vorkommt. Es ist aber sehr schnell wieder anders, nämlich breit verschattet und eingetrübt, und wie üblich handelt es sich dann um einen der vielen ewig Lebenden, die den richtigen Zeitpunkt des Abscheidens versäumt haben. *»Von euch werden die meisten wissen, was es heißt, wenn 100 Leichen beisammen liegen, wenn 500 daliegen oder wenn 1000 daliegen. Dies durchgehalten zu haben, und dabei – abgesehen von Ausnahmen menschlicher Schwächen – anständig geblieben zu sein, das hat uns hart gemacht. Dies ist ein niemals geschriebenes und niemals zu schreibendes Ruhmesblatt unserer Geschichte.«*

Jetzt, ja, auf einmal sehe ich es wieder ganz deutlich, von diesem Berliner Bett aus, auf dem ich mich nächtlich wälze. Es ist unmöglich. Ich kann es nicht hinkriegen, kein einziges Jahr mehr. Es sei denn, ich krümmte mich gemächlicher auf das Ende zu. Obwohl ich noch einmal im Monat blute, sind alle sonstigen Arrangements der Lebenden für mich aufgehoben. Wenn sie mir nur helfen könnten, diese Diesseitigen. Mich einmal ansprächen, aber so, daß ich es auch hörte und verstünde.

Es stimmt und ich gebe es zu: meine Füße berühren den Boden kaum noch, ich erblinde bereits, freiwillig, und ich spreche nicht mehr gern. So lasse ich den Gesamtaufprall der Einzelheiten über mich ergehen. Ich ziehe auch vor, dabei allein zu sein. Es strengt mich weniger an. Ist aber jemand in meiner Gegenwart da, rede ich mir vor jedem zu sprechenden Satz gut zu, ehe ich ihn wirklich herausbringe. Die anderen merken es nicht.

Ja ja, es ist das Ende, eindeutig. Nachts schleudert es mich manchmal aus dem Bett und klatscht mich an alle vier Zimmerwände zugleich, und ich weiß ganz genau, daß ich nicht schon wieder tonlos aufschluchzen kann. Unter dem Dach dieses Schädels, der sich einfach nicht spalten läßt.

Andererseits macht es ja nichts, wenn ich so herausgeworfen auf der Bettkante sitze. Ich bin nun langsam auch in dem Alter, wo das offiziell registriert dazugehört. Denn wieviele sitzen nicht so da. Außerdem habe ich zu essen und zu trinken, es ist geheizt, und meine Packung Schlaftabletten ist halb voll. Auch das ist mir ganz klar, wenn die Berliner Nächte so über mich hinweggehen, als wäre ich ein lautlos stehender Hauch in einem der Hofschächte. Deshalb bin ich immer etwas erleichtert, wenn es hier regnet oder stürmt, je heftiger, desto besser. Denn dann wird das Berliner Zimmer zum Vorposten, zur an das Gelände deutscher Ewigkeit angrenzenden Lauschzelle. Wenigstens ist die Wand spürbar zwischen mir und dem sonst ausgestorbenen Hof, wenigstens bin ich

für die Dauer eines Sturmes nicht Bestandteil der ausharrenden Zeit. Manchmal kann ich dann sogar schlafen; es ist wohltuend.
Nein nein, es ist nicht alles schwarz und ganz im Gegenteil auch nicht alles gleichermaßen grell ausgeleuchtet. Hingegen gibt es Momente, die möchte ich ihrer Schönheit wegen nicht überlebt haben. Es werden sogar unzählige, wenn ich es schaffe, darüber nachzudenken und mich angestrengt erinnern kann. Doch, es hat sich gelohnt. Auch wenn die Nächte jedesmal die Oberhand behielten und ich insgesamt vielleicht nur fünfmal in meinem bisher abgelebten Leben freiwillig und gern morgens vom Bett aufgestanden bin. Aber das hat nichts weiter zu bedeuten.
Einmal dieser eine Sonntag. Es gab einen Rummel. Ich mußte weit laufen, um zu ihm zu gelangen. Ein Karussell und eine Losbude waren da. Schon auf dem Hinweg hörte ich die ganze Zeit und stetig näherkommend die Musikkapelle. Sie spielte drei Lieder, immer dieselben nacheinander. Ich sah den Flaum auf den frischen Buchenblättern und ihre durchscheinenden Rippen.
Die Zusammenstellung der Töne förderte etwas zutage, etwas Außerordentliches, das ich vorher noch nicht erlebt hatte. Bei jedem Schritt auf dem Wällchen, das sich an der sandigen Straße entlangzog, spürte ich es. Aber erst wollte ich noch etwas, ich wollte gewinnen. Ich hatte genug Geld für zwei Lose, und bevor ich sie kaufte, hatte ich mir schon ausgesucht, was ich gewinnen würde. Es war ein brauner, aus Weidenruten geflochtener Korbwagen mit rotkarierten Kissen für eine ziemlich kleine Puppe. Als ich die zwei Lose gekauft hatte, nahm ich sie ungeöffnet mit hinter die Bude. Dort betete ich leise in mich hinein, lieber Gott, laß mich bitte gewinnen. Dann kam ich wieder hervor und öffnete die beiden Nieten. Es erschütterte mich, es machte mich im Nu zur

Trägerin einer Ohnmacht, die kurzfristig alles eintrübte und anschließend hinter dünne, aber deutlich wahrnehmbare Schleier versetzte. Auch die Musik. Ich machte mich sofort auf den Heimweg, ich hatte nichts mehr zu wollen und war ernüchtert frei.

Es war später Nachmittag, und es war warm, an manchen Stellen fast heiß. Unter den Buchen über dem gelblichen Sand wurde das Licht immer milder, das Laub duftete und Mückenschwärme begleiteten mich, auf und ab und hin und her tanzend. Die Musik kam nicht mehr aus der Richtung des Orchesters, sondern weich und verhalten und ohne festen Ursprung von überall her, aus der Luft und aus dem Boden. Sie flog, ging, glitt, rollte, schwebte. Dann bewegte sie sich eine kleine Strecke die Straße hinunter und stieg zugleich bis zu einer bestimmten Höhe auf, etwa bis kurz unterhalb der Baumkronen, also bis ins dichte Laub, wo sie alles, was jetzt war, zu einer luftigen Verbundenheit verknüpfte, die Buchenblätter, den Sand, das Unerreichbare und nicht Gewonnene. Nun wurde auch noch eine neue Melodie gespielt. Ich kannte die Worte dazu. *Du hast ja ein Ziel vor den Augen, damit du in der Welt dich nicht irrst, damit du weißt, was du machen sollst, damit du einmal besser leben wirst.* Es gab Stellen, an denen die Blasinstrumente etwas verhielten, um danach mit unnachahmlicher Weichheit wieder einzusetzen. Schöneres konnte nicht mehr kommen und hatte es auch zuvor noch nie gegeben.

Ich war schon lange an der Kapelle vorbei, ich bog schon in unsere Straße ein, und immer weiter war die Musik da, ein bißchen entfernter nur, aber deutlich hörbar. Es war einsam in der Straße, niemand stand hinter einem Gartenzaun. Der auch hier gelbliche Sand warf die Wärme zurück, ich spürte sie durch die Holzsandalen bis hoch über die Söckchen. Jemand hatte etwas ausgestreut oder verloren, genau vor unserem Gartentor. Purpur und blau, blau und purpur hingesäte unzählige Flecken. Ich ging näher heran. Herzen, es waren überwältigend viele kleine Herzen aus Pappe und Glanzpapier, daumennagelgroß. Ich beugte mich bis zum äußersten verliebt über sie und begann sie aufzusammeln. Die purpurnen hatten blaue Rückseiten, die blauen purpurne. Mit den vollen Händen konnte ich nur mühsam das Tor öffnen. Bis zum Zuschlagen der Haustür war die Musik noch da.

Es ging in den 107. Stock, abends, der Himmel war schon lange nicht mehr hell. Sie hatte Hunger und vor allem Durst. Sie hustete in der unvermittelten Wärme, und in den Ohren zerplatzten mehrmals straff gespannte Häute; wenn sie schluckte, klang es wie knatternde Fahnen. Aber nur sie konnte es hören. Ihr Geliebter und die Gastgeber und auch noch ein paar andere Menschen lächelten, bewegten ihre Lippen; einige schauten erwartungsvoll nach oben, seitlich schräg an den Aufzugwänden hoch und sogar bis zur Decke.
Es war schon etwas Besonderes, hier zu sein, OBSERVATION FLOOR, am 20. Dezember. Das mußte sie sich jetzt einmal sagen. Im übrigen aber fühlte sie, wie der Schweiß durch ihre Haut schlug, als wäre sie ein Entsaftertuch, und erkaltend in kleinen Lachen und Tröpfchen an ihr haften blieb. Das konnte nur der Hunger sein. Der ganze Körper ein flaues Niemandsgelände, von feucht wächserner Hautdecke überzogen. Kein Gedanke hält sich, kein gutes Wort. Ich muß mich setzen. Aber es gab weder Stühle noch Bänke, nur genoppten schwarzen PVC-Boden.
Der Gastgeber teilte Salzmandeln aus einer Tüte aus. Vorsichtig dosierend schüttelte er ihr einige in die ausgestreckte Hand. Sie lutschte zuerst das Salz ab, was um-

gehend eine innere große Flut auslöste, die sich schnell zu Strömen formte, in Bahnen ergoß und so das weitere Durchschlagen der Nässe durch die Haut stoppte. Ja, die bereits ausgetretene Feuchtigkeit schien sogar zurückgesogen und mit zu dem Zentrum, um das sich jetzt alles wieder ordnungsgemäß drehen konnte, hingespült zu werden. Sie zerbiß nun die nüchtern und glatt gewordenen Kerne, der Schädel eine riesige lärmende Zerkleinerungsmaschine, und bald taten die Schläfen weh. Insgesamt aber war es eine mehrere Minuten andauernde konzentrierte Wohltat, diese heilen feingerillten und flachgewölbten Ovale erst mit der Zunge abzutasten und sie dann nach leichtem Druck und gegen einen flüchtigen Widerstand dumpf krachend zu zerkauen.
So konnte es aber nicht weitergehen, jetzt mußte sie auch mal rauskucken, alles wenigstens kurz überfliegen und anschließend zu ihrem schon beim Verlassen des Lifts geäußerten Ausruf this is really brilliant stehen. Denn auch während der heftigen Schweißausbrüche hatte sich ihr der unvermeidliche Überblick schnell ergeben. Ein Vollmond in dunkler, jedoch von etlichen Seiten gelblich beschienener Luft auf gleicher Höhe. Davor und darüber entschwindende oder sich nähernde und dabei wie an einem unsichtbaren Gestell hin und her springende Lichtkegel oder -punkte. Sie gehörten, wie erst allmählich auszumachen war, zu großen schweren Schattengebilden, den bleiern und langsam in alle Richtungen gleitenden Düsenmaschinen. Deutlich unterhalb der Standebene, und auch klarer erkennbar, steif sich voran- und in die Tiefe schraubende Helikopter. Und dann schon die stumme kleingemusterte Unendlichkeit der teils flimmernden, teils unbewegt starrenden Lichtdecke, die in der Nähe fest auflag und sich sogar straff über Auf und Ab und um rechte Winkel spannte. Es gab anfangs deutlich zu unterscheidende Rechtecke und Quadrate,

Linien, Scheiben. Bald aber nur noch das zerstanzt hingebreitete, tonlose Einerlei. Das hier sollte Amerika sein in abgeschobener und zugedeckter Nacht bis zum Horizont und darüber hinaus. Es sollte sie auch wundern.
Zügig ging ich jetzt ans Außen heran, die anderen hatten mich schon gerufen. Ich dachte dabei an eine kleine Wohnküche mit Fernseher, in der ich liebend gern den Rest meiner Tage verbringen würde, vorausgesetzt ich könnte alles andere vergessen und obwohl ich ganz selten bisher überhaupt ferngesehen habe. Aber da war ich schon vor mir selber abgestürzt, aufgeschlagen und wieder hochgeschleudert. Ich trat hastig einen Schritt zurück. Die Tiefe warf sich mir jedoch hinterher und kam sogar bis durch das Glas an mich heran. Sie klammerte sich geradezu an mich, und ich spürte erregt vor Haltlosigkeit, wie ich durch das Gewicht von mir weggezogen und wieder auf die steil abfallende Bahn gelenkt werden sollte. Trotzdem versuchte ich es noch einmal. Ich richtete mich zu meiner ganzen Größe auf und trat an die Scheibe, lehnte mich sogar mit der Stirn gegen sie und weit aus mir heraus. Senkrecht und geradeaus ging es in die Luft, zwischen hier und dort nur Durchsichtigkeit, weder Absatz noch Vorsprung noch winzigste Halterung.
Ich blickte lange über meine Füße hinweg bis auf den Grund eines Straßenschachtes. Ein Baum, fahrende und geparkte Autos, Widerschein und Asphaltglanz. Deutliche Zugehörigkeitsbeweise von hier aus gesehen, angenehm verkleinert und etwas gewollt spielzeughaft arrangiert, aber dennoch: wie verödet und abgenutzt durch zu häufigen und zu langen Gebrauch. Da konnte doch niemand kurz oder auf Dauer freiwillig leben wollen. Im Gegenteil müßten derlei Orte aus noch größerer und immer weiter zunehmender Höhe, langsam verschwimmend und sich auflösend, ein letztes Mal gesehen

und dann erleichtert noch tiefer fallen gelassen und vergessen werden.
Nach und nach schritt ich die gesamte Glaswand ab. An einigen Stellen gab es ein vorgezogenes Geländer. Darunter war der Fußboden ausgespart, und Stufen führten noch einmal ein Stück tiefer ins verglaste Abwärts. Ich stieg hinab, von der Scheibe bedrängt, wie unter meine eigenen Füße und setzte mich zitternd auf eine der Stufen, nichts als uferloses Außen vor und unter mir. Ich spürte bald, daß mein Körper mich insgesamt unter sich gelassen hatte. Ich hatte Platz genommen in einem Ausschnitt Luft, in einem im Nichts aufgehängten, hautengen Käfig, bestand aber nur noch aus abgehackten, flatternden Flügeln. Fortwährend mußte ich schlukken, und unter meinen Augenlidern, in einem lautlos tobenden Orkan, bildeten sich Wirbel und drehten Spiralen sich unausgesetzt abwärts. Bloß durch Zufall war ich bisher noch nicht fortgetragen worden. Jeden Augenblick aber konnte es passieren, mußte die Unsichtbarkeit zersplittern und würde ich wie im Schleudersitz hinausbersten. Also stand ich schnell auf und ging lieber wieder ein paar Schritte.
Bald wurde es eintönig, und ich vertiefte mich in das ausgedehnte Dunkel des Hafenwassers wie in eine große Mulde. An einer Stelle, nah zur Kaimauer, senkte ein Helikopter sich immer tiefer ab. Erst sah ich ihn nur als Schattenbewegung aus dem Augenwinkel. Dann aber hatte er Scheinwerfer angeschaltet, die ein großes Stück kreisrundes Unten so plötzlich anleuchteten, daß es mir vorkam, als würde etwas sonst ausschließlich im Versteck Existierendes gewaltsam einer erkennungsdienstlichen Behandlung unterzogen. Das Angestrahlte wirkte düster und widerspenstig abweisend. Das Wasser schien nach außen hin wild sich kräuselnd zu fliehen, zur Mitte hin jedoch war es eine mit dem Tiefergehen des Heli-

kopters zunehmend straffer sich spannende, dicke Membran, ein aufgebracht sich verhärtender Widerstand. Ich bekam eine Gänsehaut. Jenseits des Wassers schien deutlich die in den Lichtstanzflächen und -wänden einzige lesbare Botschaft auf: das rot leuchtende Zifferblatt einer Uhr mit genauer Zeitangabe und das große Wort COLGATE.

Die Person blieb weiter und weiter hinter dem Tageslauf zurück. Ihre eigene Anwesenheit war eine Art Erinnerung, die ein anderer unzuverlässig und kraftlos für sie aufrechtzuerhalten versuchte. Und die Momente waren angejahrt und ausgeleiert und paßten nicht mehr in die lückenlose Dichte der Zeitketten. Darüber hinaus diese tägliche Mühe, wenigstens für ein paar Stunden noch in den eigenen Körper zurückzufinden und dann vorzugeben, er sei's, genau der richtige und einzige. Sich in die Lachfalten zwängen, die weichen Brüste wieder ausfüllen und vor sich hertragen, sich unter die Rinnsale der Haut begeben und diese von den Knochen heben, damit nicht so auffällt, wieviel Zeit schon abgelaufen ist.
Was sie auch sah, hörte, roch, schmeckte oder spürte, es war bereits vollkommen verlebt. Nicht nur jetzt und hier, in New York im Winter. Im Frühjahr schon, in Deutschland, hatte sie mit einer sehr viel jüngeren Freundin bei geöffnetem Küchenfenster zusammengesessen und das Hämmern eines Dachdeckers durch den Hof schallen gehört. Der Klang, jeweils dicht gefolgt vom Echo, war in ein wellenförmig ausgebuchtetes Offenes gegangen, dort immer leiser geworden und schließlich im graublauen Himmel weit oben stehengeblieben, wo er so lange wartete, bis der nächste Schlag und sein Echo dort ankamen. Sie hatte gute Erinnerungen an solche Tonfolgen. Sie schlossen, besonders im Frühling, den

Kopf, den Zugang zur Luft überhaupt auf und machten dadurch klar, daß, wieder und immer noch, vieles, eigentlich jetzt sogar alles, miteinander zu tun hatte, und zwar im guten. Nur kam es für sie nicht mehr in Frage; es stand jetzt ihrer Freundin zu.

Am vorletzten Tag ihres Aufenthaltes verschärfte sich gleich vormittags ihr Wissen, und die Kälte hatte noch zugenommen. Es war der 24. Dezember. Nachts gefallener Schnee war liegengeblieben, und in den Straßen bis zum U-Bahnhof hatte vorweihnachtliche Leere um sich gegriffen, obwohl der Tannenbaumverkäufer sich noch nichts anmerken ließ, sie freundlich grüßte und inmitten einer großen Anzahl ihn hoch überragender Bäume dampfenden Kaffee aus einem Plastikbecher trank. Er vertrat hier etwas Überzeitliches, wofür auch der intensive Harz- und Holzgeruch sprach, hatte straffe, gut durchblutete Gesichtshaut und blickte vor und nach jedem Gruß gleichmütig in eine Ferne auf der Straßenseite gegenüber, wo eine graubraune Häuserfront die andere ablöste und wo an jedem Kellereingang – schon seit den 50er Jahren, wie die Gastgeber einmal erwähnt hatten – gut erhaltene Emailschilder mit dem schwarzgelben Strahlungssymbol und der Aufschrift *Fallout Shelter* befestigt waren, als die einzigen Farbflecken weit und breit.

Etwas später traten wir in die Eingangsrotunde des Naturgeschichte-Museums. Der Raum hallte von unzähligen Stimmen wider. Das stieg mir erst gar nicht über den Kopf, es war schon gleich hoch über ihm. Es war auch über den anderen hier anwesenden Körpern und hatte offenbar gar nichts mehr mit ihnen zu tun. Insgesamt waren ja nur wenige, sehr ruhig wirkende Menschen da; sie allein konnten diesen anhaltenden Rückschall sich überlagernder Stimmengewirre in keinem Fall erzeugen. Sie hatten auch gar keinen Grund dazu, denn sie standen nur abwartend herum oder machten höchstens eine kleine Anzahl langsamer Schritte. Nein, hier hatten die Stimmen sich wohl gleich am Eingang von den Körpern abgehoben und waren dann nicht mehr zu ihnen zurückgekehrt. Sie waren aufgestiegen und hatten etwas höher bereits angefangen, ein Eigenleben zu führen. Ganz hoch oben mußten sie auf die anderen, immer schon hier zurückgebliebenen und nicht mehr verstummten stoßen und sich unter sie mischen. Es war zuviel.

Schon beim Hereintreten war etwas geschehen. Ich wurde deutlich von etwas getrennt, wußte aber nicht sofort, was es war. Rückblickend denke ich mir, daß eine Drehtür entscheidend mitgewirkt haben muß; tatsächlich aber erinnere ich mich nicht einmal mehr, ob da überhaupt eine war. Ich war jedenfalls wie durch eine Trennungsschleuse von außen nach innen gekommen. Ein keilförmiges Öffnungssegment hatte mich zusammen mit einem mich umgebenden großen Luftschwall aufgenommen und mich für einen Moment, in dem ich schob und zugleich wie hinterrücks angetrieben wurde, gefangengehalten und mich dann in den Raum entlassen. Der Luftschwall war aber nicht mit entlassen worden, sondern war in einem Halbkreis schnell bis zum Ausgang weitergeführt und gleich wieder ins Freie ausgestoßen worden. Das war die Welt, genauer: ihr größter und lebhafterer Anteil. Von innen konnte die Zusammengehörigkeit mit ihr nicht mehr hergestellt werden. Sie war ausgespannt und abgeschirrt und hätte nicht einmal im Bedarfsfall spielerisch zu einem zurückschnellen können. Deshalb wohl dachte ich jetzt mit Überschwang an die behaarte Haut eines einzigen fernen Menschen, die sich unbedingt noch einmal über mich breiten sollte, trocken und warm, und dann von mir aus Schluß damit.

Ein großer ausgestopfter Elefant stand da. Ich nahm ihn nur als raumfüllendes tonnenschweres Dunkel wahr, an dem ich vorbei wollte. Eine Gruppe von Menschen bewegte sich gerade teils ruckartig, teils gleitend auf ihn zu und blieb unmittelbar vor ihm stehen. Einige saßen in Rollstühlen, andere, die nicht ohne Hilfe allein gehen und stehen konnten, wurden von Begleitpersonen gestützt. Auch jetzt, im Stillstand, war alles in Bewegung. Arme pendelten, Köpfe fielen zur Seite oder nach hinten und hoben sich nur mühsam wieder hoch, Beine knickten ein. Plötzlich löste sich einer von der Gruppe und kniete sich zuckend hin, streckte die Arme aus, legte dabei die Handflächen, die nicht recht zusammenpassen wollten, aneinander und blickte, den Kopf weit in den Nacken gelegt und mit offenem Mund, hoch zu dem Schädel mit den großen lappigen Ohren. Die anderen flüsterten, murmelten oder gaben halblaut hingelallte Töne von sich, beunruhigten sich jedoch nicht, und jemand schob ihm eine Hand von hinten unter die Achsel, als wolle er ihm wieder aufhelfen, blieb aber so, halb gebeugt, geduldig wartend neben ihm stehen. Es rührte mich an bis hinunter in meine Knie und ich merkte, wie mein Gesicht sich dabei anhob zu einem ganz unvorhergesehenen Lächeln, das mich bis über meinen Kopf hinaus mit anzuheben und aufzuhellen begann und das ich gar nicht wieder aufgeben mochte. Bis mein Geliebter mich zu den Dioramen führte, die er schon von früheren Besuchen kannte.

Ich schritt sie alle, eins nach dem anderen ab, vermied jedoch, zu lange hinzusehen. Ich schaffte es ja doch nicht, sie mit meinem Blick zu erwecken. Gebirge, Ebenen, Wüsten, Hochplateaus und Täler; Schnee, sommerliche Dürre, glänzende Nässe und Feuchtigkeit harrten hier in schönen Farben hinter Glas aus; Sonnenauf- und untergänge, frühe Morgen oder späte Nachmittage;

aber kein Blatt, kein Wölkchen rührte sich. Und die plastischen und naturgetreuen Tier- und Menschenfiguren waren starr vor ewig gegenwärtiger Tätigkeit und der ihr entsprechenden Körperhaltung.
Die ganze Welt war noch einmal in vielen kleinen Proben unbeirrt so versammelt, wie man sie schon seit einiger Zeit wieder haben wollte, ohne Autos, Gebäude, Schrift und Müll und natürlich ohne die Person. Aber das war nun wirklich zu weit weg. Es tat mir nicht leid. Ich empfand im Gegenteil eine gewisse Erleichterung darüber, daß das alles nicht wahr sein konnte, und dachte fast sehnsüchtig an die wolkengleiche, fahrige Dunkelheit, die zu bestimmten Zeiten und an bestimmten Orten durch die Massen eingekleideter Menschenkörper entsteht, wenn nämlich Zehntausende zur Arbeit fahren oder von der Arbeit nach Hause wollen und an den Knotenpunkten zusammentreffen, wie in der ohnehin schon düsteren Pennsylvania Station, wo sie sich unter niedrigen Decken auch noch in langen Schlangen um einen Informationspavillon herum gruppieren, und sich dann, wenn sie endlich an der Reihe sind, über ein krächzendes Mikrophon von jenseits der Glasscheibe sagen lassen, auf welchem Bahnsteig und zu welcher Zeit heute ihr Zug abfährt.
Es wurde dunkler und stiller und von allen Seiten und aus allen Höhen sah es mich unverwandt an, streckte die Zungen heraus, schnitt Fratzen, verwandelte sich in Tierköpfe, große gebogene Schnäbel und ganze Leiber, hockte da, umklammerte sich gegenseitig, stieg übereinander hoch an tiefbraunen Holzpfählen oder lief, kroch, wand sich herab, den ganzen Pfahl umspannend oder flach ausgestreckt. Es waren ganze Folgen von Geistergestalten, Menschen und verschiedenen Tieren wie Bären, Wölfen und Bibern, Schwertwalen und Adlern. Kein winziges Fleckchen Holz war bloß Fläche geblie-

ben und unbedeckt, jeder Bereich war Teil eines größeren und umfassenderen und gehörte zu einem dieser Wesen. Einmal ruhte sogar ein Mensch in einem weit aufgesperrten Maul, und ein kleiner ausgestreckter Bär wurde auf dem nackten Bauch eines Menschen mit beiden Händen gehalten wie ein eigenes Kind. Und jetzt spürte ich es ganz deutlich: ich war im Verlauf weniger Minuten innerlich lebhaft geworden und hätte gern sofort ein kleines Felltier bei mir gehabt.

Am Verkaufsstand entdeckte ich zwei bunte Postkarten, die meinem Wunsch entgegenkamen und die ich deshalb kaufte. Es waren Farbphotographien, allerdings nicht von Felltieren. Die eine zeigte eine sehr junge zitronengelbe Pythonschlange, die sich so über einen Ast gebettet hatte, daß ihr eiförmig verlängerter Kopf inmitten der breitesten Partien ihres Körpers wie auf einem eingedellten ovalen Kissen lag. Später las ich nach, daß es sich um einen Smaragdpython handelte, der erwachsen bis zu zwei Meter lang und über und über grün werden würde. Kindlich verschlafen, wie gerade aufgewacht, blickte die Schlange vom Mittelpunkt ihres weichgeschuppten, feucht glänzenden Körpers aus nach unten in die Schwärze der Photographie. Sie befand sich im Zustand größtmöglicher Ausgeglichenheit und Mühelosigkeit, obwohl sie wie ein Akrobat ohne Gliedmaßen über dem Ast hing, vielleicht verträumt leise schaukelnd. Eine bräunliche Längsnaht, die Unterseite und Oberseite verband, schien der einzige Hinweis, daß auch hier etwas zusammengehalten werden mußte. Zu beiden Seiten führten Zeichnungen von der Naht weg, kleinste länglich geformte Schuppenmosaike aus weißen und schwärzlichen Pailletten, die sich, symmetrisch einander zugeordnet, auch über den leicht abgeplatteten Kopf breiteten. Über den ganzen Körper verteilt dazu unzählige dunkle Punkte und Flecken. Die zweite Karte zeigte einen hellvioletten Gecko mit roten Noppen in seiner Echsenhaut und einem wie zum andauernden Auslachen übermütig aufgesperrten Maul, in dem eine kräftige himbeerfarbene Zunge leuchtete. Er schien munter über ein rissiges altes Holz zu laufen, einen Balken, schräg von oben nach unten, und hielt sich dabei gelenkig mit seinen Haftzehen fest. Grünlich matt schimmerten seine lidlosen Augen.

Ich ahnte, was es mit ihnen auf sich hatte und warum sie mir so gefielen, daß ich schon ein paarmal gedacht hatte: Geschöpfe, richtige Geschöpfe. Es hatte damit zu tun, daß sie selbstverständlich und wortlos vorkamen. Ich empfand Erleichterung und Zuneigung und wollte nun ein letztes Mal noch in das andere Museum.

Wir machten uns auf den Weg durch den Park. Vielleicht war er wirklich menschenleer. Wir gingen jedenfalls unter kahlen Bäumen in eine einsame, ungewöhnlich frühe Dämmerung hinein, verloren den Weg, rutschten an einem kleinen Abhang im Schnee aus, sahen auch das Gebäude nicht mehr, das wir von weitem für das Museum gehalten hatten, dafür aber über und hinter schwarzem Geäst zusammengeballte graue Schneewolken.

Am Abend zuvor hatten sie im Fernsehen die eine einzige Peking-Ente im Park gezeigt. Sie war zwei oder dreimal mit ihrem tief heruntergezogenen langen Bauch, aber sehr aufrecht, durch das Bild gelaufen, schneeweiß, wenn sie vor dunklerem Hintergrund auftauchte, graubeige, wenn sie im Schnee gezeigt wurde. Zum Leben benötigte sie offenes Wasser; aber alles war bis auf den letzten Zentimeter hermetisch zugefroren. Wenn sie sich nicht einfangen ließe, gab man ihr keine Überlebenschance in dieser Kälte. Mit jeder vergehenden Stunde und der stetig sinkenden Temperatur nahm die Wahrscheinlichkeit ihrer Rettung ab. Mehrmals meinte ich sie plötzlich am Rande der einen oder anderen kleinen Eisfläche entdeckt zu haben. Aber wenn ich meinen Blick etwas mehr anstrengte, sah ich immer nur denselben Schnee.

Schon begann ich selbst wieder heftig zu frieren. Wir stolperten jetzt häufiger, rutschten über vom Schnee verdeckten kleinen Unebenheiten aus. Ich rief mir das Datum des Tages ins Gedächtnis und sagte vor mich hin, daß wir morgen also zurückfliegen würden, morgen, nach Berlin. Aber es bedeutete nichts, Europa morgen, Amerika und New York heute. Wir waren an keinem Ort. In diesem Augenblick wären wir beinahe hingefallen; wir hielten uns gegenseitig. Ich fühlte mich wie aus trübem Halbschlaf gerissen und in einen überwachen Alarmzustand versetzt, dessen Auslöser ich noch gar nicht erfassen konnte. Als hätten wir nach tagelanger Wanderung durch überschattetes Gebiet unvermutet einen riesigen Kahlschlag betreten.

Sie gingen weiter. Um schneller hinzukommen, liefen sie jetzt nur noch abseits der Wege, durchquerten Areale mit Gebüsch und kleinen Bäumen. Unter dem Schnee raschelte das Laub, knackten Zweige, gab der Boden nach. Bald würde es wieder schneien. In der Dämmerung tauchte eine ganz nahe sandsteinfarbene stumpfe Wand auf. Sie würden doch bestimmt gleich da sein.

Auf dem Kahlschlag, wie unter einem hingezuckten Blitz plötzlich grell aufleuchtend und noch sekundenlang überdeutlich widerscheinend, das unermeßliche INNENLEBEN. Hektisch und endlos wuchernd ins Gefängnis seines Trägers eingepfercht, in einen Körper und einen den Körper überragenden Kopf also. Es gehört nicht dahin, dürfte nicht einmal in diesem Haut- und Knochengefängnis existieren, wo es schließlich nur auf Staatskosten durchgefüttert wird. Selbst dieses bißchen Platz würde dringend für anderes gebraucht, für die Entleertheit nämlich – das eigentlich herrschende Element –, die

schon unter Raumnot leidet und baldmöglichst auch die letzten Körper und Köpfe noch einzunehmen und zu besetzen gezwungen ist.
Es sind vorwiegend ehemalige Beweggründe, aus denen das Innenleben besteht, welche aber, ganz im Gegenteil, jetzt andauernde Ruhigstellung verlangen, damit das unablässige Treten auf derselben Stelle mit gut geordnetem Äußeren die Oberhand behalten kann. Die bei dieser disziplinierten, nicht enden wollenden Beschwichtigungsarbeit bisweilen auftretende Starrsucht ist nur natürlich; sie wird verursacht durch den unerträglichen Begleitschmerz und gewährt in unregelmäßigen Abständen eine ohnmächtige Freizeit, kurze zwangsläufige Atempausen.
Die Person war Unruheherd und wandelndes Erregerfeld. Sie wußte, sie würde sich nützlich machen, ihren Innenraum, in dem zusammengepreßt so viele Inhalte sich drängten, daß sie – aneinandergereiht – zu keinem Ende geführt hätten, endlich zur Verfügung stellen müssen. Mit jedem Schritt ging es ins Leere. Genauer: in die Menschenlosigkeit, ins Graue des Mangels, Ausbleibens, Fehlens, obwohl weltweit in jeder Sekunde drei Menschen zuviel geboren werden. Sogar in diesem Planpark war jetzt noch zu viel ungenutzte Luft, ungerechtfertigte Weite und toter Grund. Auffangbecken müßten her, Fühllaßgruben, in die sich das jeweilige Innenleben verschütten ließe und in denen es versickerte ohne Wiederkehr.
Sie kamen an die Straße, waren sogar nur wenige Meter vom Haupteingang des Museums entfernt. Sofort hatte sie vor Augen, was sie gleich wiedersehen würde. Und noch während sie an einem Betonbecken entlanggingen, dessen hoch aufsteigende Wasserfontänen der Wind so zur Seite drückte, daß eiskalter Sprühregen bis über ihre Gesichter wehte, hatte sie das Bild schon betreten,

mit einem mühelosen kleinen Schritt. Nicht daß sie weiter hätte gehen können oder wollen. Sie konnte jedoch stehenbleiben, wenn auch nur am vorderen äußersten Rand. Den Kahlschlag spürte sie noch im Nacken.

Gemessen an New York aber war dies ein Aufenthaltsort mit ausgedehnter Atemfläche, allerdings von einer solchen Reglosigkeit bis in den Hintergrund hinein, als schlügen die Herzen höchstens einmal pro Tag und als wäre dadurch eine weltweite und allgemeingültige Verlangsamung eingetreten, als herrschte ein kaum noch wahrnehmbarer Gezeitenrhythmus, so daß man lange und sehr genau hinsehen mußte, um herauszufinden, ob es einen Unterschied zwischen Lebendem und Totem, Schlafenden und Wachenden gebe. Schnell legte sich nun auch die Erregung ihres Innenlebens, es konnte sich sammeln und endlich einmal, mitten in New York, aus sich herausgehen.

Denn auf einmal diese naheliegende Weitsicht – dicht und entrückt zugleich, wie durch ein umgedrehtes Fernglas – auf eine konzentrierte Bewußtseinseinheit. Die wie lange im Ofen gebrannten und zur höchsten Klarheit erstarrten Farben. Und das vollständige Ausbleiben eines hastenden, den Himmel noch überschrillenden Aufruhrs. *Sind Blitze sind Donner in Wolken verschwunden eröffne den feurigen Abgrund o Hölle zertrümmre verderbe verschlinge zerschelle mit plötzlicher Wut.*

Drei Männer, ins Abseits Eintätowierte – der in der Mitte tot, die beiden anderen alt – sitzen hier auf Stein, auf Sand unter trockener Hitze. Zerklüftete Felsen und die in sie eingelassenen unvermeidlichen Öffnungen ins Schwarze, als wären es ihre Wohnstuben, zum Greifen nahe. Sie sitzen beisammen, weil sie nichts anderes tun können, sind am Ende, da, wo das Wissen unendlich wird. Hingegen in angemessenem Abstand fern, weit hinter ihnen, die schöne Landschaft mit Hügeln und nützlichem Grün, die wohnliche Stadt mit fließendem Wasser und Mensch und Pferd.

Um einen aus dem Nest gefallenen Vogel würden manche mehr Aufhebens machen, so wie damals, spät im Jahr schon, um jene kleine graue Taube, die die alte Frau neben der Mülltonne im mit gelbem Laub bedeckten Hinterhof gefunden hatte. Es tut mir so leid. Sie hatte fast geweint und sehr laut gesprochen. Was soll ich denn nun bloß machen. Fenster hatten sich geöffnet, Gardinen wurden etwas zur Seite bewegt; von überallher kamen die Ratschläge, lange und lauernd angestaut. Mit einer Pinzette, ja, Sie werden doch eine Briefmarkenpinzette haben; Haferflocken, Regenwürmer. Sie verstand nichts, alles mußte ich ihr laut und halbherzig wiederholen, weil sie mich fragend ansah. Schließlich legte sie, ganz selbstverständlich sorgend, einige der leuchtenden Ahornblätter in ihren ausgeleerten rosafarbenen Plastikmülleimer, setzte mit ihren beiden bergend gehaltenen Händen das flauschige, erschöpfte Etwas auf den herbstlich gepolsterten Eimerboden und ging zur Tür. Eine erregte, geifernde Hilfsbereitschaft, ein geballter Hilfsaufruhr preschte hinter ihr her, heftete sich an ihre Fersen, wollte gar nicht mehr lockerlassen. Über allem hatte die Muttertaube hoch oben im Geäst des sich lichtenden Baumes gesessen, vollkommen uninteressiert. Der Winter war zu nah, als daß sie sich noch weiterführende Gefühle hätte leisten können.

Jene drei Randfiguren, Abgeschobenen in aller Stille, versetzen niemand in Aufruhr. Auf diesem ausgedörrten Terrain – Schindleich, Ort des permanenten Verschwindens und des stetigen Bröckelns, Abfalls, Steinschlags –, wo kein Gras mehr wächst. Im Rücken die geräumige Ferne, hügel-, baum- und wegreich, feste und hochaufragende Gebäude und das dazugehörige wolkige und weite Oben. Gedrängt und eng dagegen die Nähe, Standort des Eingetretenen, der einmal eingelassen, sofort zum Vierten im Bunde, zum Mitwisser wird. Wollte er auch schnell in die angenehmere Ferne, erst einmal würde er hier aufgehalten; sein Blick mag über das dicht sich Auftürmende flüchtig hinweggleiten und bei den Hügeln hinten verweilen wollen, beim ersten Schritt in die Richtung schon würde er stolpern, über ausgestreckte Beinpaare, über Schädel und Knochen – wo also wäre der Ausweg.

Denn hier begegnen dem Auge in drei gleichgroßen Längsschnitten: Gesteinsbrocken und Felsen mit dunklen Höhlenöffnungen; ein Toter auf vernachlässigtem, zerfallendem Marmorthron; eine verlockende Ferne ohne Weg dahin. Die beiden alten Männer, am linken und rechten äußersten Rand ganz vorn auf Stein und Felsschichten sitzend, flankieren den Toten und das eingetretene Auge, eine zweiteilige Einlaßschranke ins Bild. So läßt es auch mich ein, von Angesicht zu Angesicht, totem zu noch lebendem.

Die zwei Alten, Vielwisser und Vieldulder, Hieronymus und Hiob, mit langen weißen Bärten, spröden grauen Haaren und gegerbter Haut, sind die Überlebenden, die einen Augenblick, an der Schwelle zwischen schrecklich Vergangenem und Nichts, Wache halten, die hier als einzige das auf die Spitze, auf den Thron getriebene Wissen, den Toten aushalten. *Sehet! Was? Seht die Geduld!* des Umgebrachten. Altgewordene Beweise, daß sich nahezu alles überleben, daß nahezu alle Erkenntnis sich noch lebend aushalten läßt. Aber wozu, das ist die Frage, die sie, mit dem jungen, fast bartlosen, hellhäutigen Toten im Schnittpunkt, sprachlos und mit Gebärden, die ihnen selber ein Rätsel sein müssen, in den leeren Pyramidenraum zeichnen, den sie und der Tote zusammen bilden, und in die Figur des Dreiecks, dessen Linien sich von Körper zu Körper oder Kopf zu Kopf ziehen ließen. Die Frage, die Hieronymus, wie einst den Stein, wieder und wieder gegen seine Brust zu schlagen scheint, die der halbgeöffnete schlaffe Mund des Toten für immer offen lassen muß und die Hiob mit leicht erhobener Hand und ausgestrecktem Zeigefinger aus dem Bild weist und so weitergibt – an wen –, während er endlos denkend glaubend sinnend, den Kopf in die andere Hand gestützt, vor sich hinschaut, und während Hieronymus, altersschwach, den Krückstock zwischen seinen Beinen und die rechte Hand auf Stein legend, aus dem Bild blickt, als wäre da noch etwas, als habe er von dort ein Geräusch gehört. So sieht er endlos in den meist leeren oder zügig durcheilten Raum des Metropolitan Museums, Tag und Nacht und von Jahreszeit zu Jahreszeit. So auch sehen die immer wieder und überall Abgebildeten aus, die Überlebenden, in unmittelbarer Nähe eines oder mehrerer Toten kauernd, mit Mündern, denen es die Sprache verschlagen hat, und einem Ausdruck der Augen, als wäre ALLES geschrumpft auf eine einzige unaussprechliche Frage oder aufgebläht zu einer einzigen unbegreiflichen und sie untröstlich zurücklassenden Antwort.

Ich muß schleunigst zurücktreten bis hinter die Panzertüren der Haut, der Bindegewebe, des Schädels; ich muß mich dringend entfernen und mir dabei zunehmend Geruhsames und Alltägliches ausdenken. Es hat schon immer geholfen, noch zu Erledigendes ordentlich aufzulisten, Einkaufszettel zu verfassen und halb schlafend, halb wachend – bei angemessener Verdumpfung im Bunker des eigenen Körpers und den Kopf bis tief zwischen die Schultern gezogen – einfach den nächsten Morgen abzuwarten. Viel mehr läßt sich nicht tun, obwohl ich bisweilen mit geballter Anstrengung daran gehe, noch

einen letzten Versuch zu machen. Ich weiß, es gibt Menschen, die erleben wunderbare Durchbrüche.
Vor mir aber in der ungepanzerten Einsamkeit mein direktes und einziges Gegenüber, der Thron, auf den vielleicht jeder wie auch immer Umgebrachte für einen kleinen Augenblick gehoben und geschoben wurde, kurzfristiges Anschauungsmaterial vor Ort, Gegenstand der Verehrung – für wer weiß wen – mitten in der Einöde, wo es keinen Grund mehr gibt sich mitzuteilen. Thron, dessen Ornamente verwittern, den Pflanzen zaghaft zu bewachsen beginnen, den Spalten und Risse durchziehen, der an Ecken und Kanten wegbröckelt; irgendwann nur noch ein Schutt- und Trümmerhaufen aus Marmorteilen und Staub am Aufbewahrungsort von Aas. Dem toten Körper verleiht er den letzten aufrechten Halt.
Ich, hinzugetreten, bin hier die einzige Frau, und ich will, so lange es geht, den Blick nicht wenden. Denn auch hinter mir ist immer und nicht nur hier eine Stadt, und irgendwo in der Ferne wird es auch Berge geben und Grünes, wenn diese Kälte einmal nachläßt. Ich finde mich aber schon lange nicht mehr zurecht in den Straßennetzen und Untergrundschächten, obwohl sie weltweit sehr übersichtlich geordnet sind; und auf den Boulevards halte ich es oft keine einzige Minute mehr aus, weil ich keinen Sitzplatz finde und weil die bunt zusammengewürfelten Schädelmengen um mich herum bei guter Sicht deutlich auf und ab wogen und weder einen vernünftigen Gedanken noch ein gutes Gefühl aufkommen lassen, von den Gesichtern ganz zu schweigen.
Auch dies ist natürlich nur ein eingeräumter Ort, ein vorübergehendes, freundliches Zugeständnis an mich, den Toten und die Alten, und keineswegs der Ausgangspunkt des anderen oder gar Offenen. Mich seitwärts oder rückwärts zu wenden, dürfte gleichfalls nicht weit

führen. Also beginne ich mich einzulesen, hier, auf der Stelle, von der ich mich kaum rühren kann, nehme mehrmals Bücher zu Hilfe, dann und wann fallen mir vor Erschöpfung die Augen zu oder sie tränen mir aus dem Kopf, bis ich selber mitten in der Verdichtung stehe und von da aus mühelos in alle Richtungen blicken und das wie zu einem Spektrum gebrochene Rundum entziffern kann als Menschenwerk.

Auch diese kleine Einöde, noch nicht einmal außer Sichtweite der Stadt, ist nur das Gegenüber der Geschäftigen und im Leben sich Befestigenden und Verbohrenden, Kolonie für die wie auch immer zu Tode Gekommenen und ihre wenigen Begleiter.

Zwischen diesem Ort und jenem eine schmale Zone, in der – vorläufig noch – einige Tiere sich selbst überlassen sind. Auch wenn die Gelehrten es gerne anders hätten, aber sogar da leben und sterben Tiere nach Gesetzen, die auf den Menschen nicht mehr zutreffen.

Rechts, vor der Weite der Landschaft im blühenden Gras, fressende Hasen, ein Wiesel, der einen Hirsch verfolgende Leopard. Ein roter Papagei hingegen ist den in der Einöde Versammelten schon sehr nahe gerückt, Tier, das den Schnabel nicht halten kann und bis zum Überdruß vorführt, daß Worte endlos wiederholt werden können und kein Gegenüber brauchen. Den Schweigenden hier kann er viel erzählen, im Hintergrund Aufgeschnapptes zum Beispiel. Sie wissen es aber auch so und brauchen nicht zuzuhören. Es ist das Immergleiche, geplant und wirksam durchgeführt.

Links im erhöhten Felsgeklüft ein Wolf vor einer Höhle. Möglicher Grabräuber und Aasfresser. Aufwärts auf dem schmalen Pfad dahin wird ein zweiter Hirsch von einem anderen Leoparden geschlagen, etwas tiefer äst ein Reh am Abhang. Und noch darunter, vor der großen Öffnung ins Schwarze, liegt ein Löwe. Vielleicht der, den die Legende zum zahmen, unterwürfigen Begleiter des Hieronymus gemacht hat, vielleicht aber auch einer, der auf Beute lauert. Es wird deutlich: links, in dieser den Abgeschobenen zum Greifen nahen Hälfte des Tier- und Niemandslandes, ist die Gefahr zur Wirklichkeit geworden, stirbt der Hirsch, leben die Raubtiere Wolf, Leopard und Löwe. Rechts, vor der schönen Ferne im Gras, dagegen die friedlichen Hasen. Aber auch das Wiesel ganz in ihrer Nähe ist Raubtier und braucht bald wieder frisches Blut, und nur eine halbe Körperlänge ist der fliehende Hirsch dem ihm nachjagenden Leoparden noch voraus. Die Tiere leben gefährlich hier wie dort, in der unbesiedelten Pufferzone.

Ein einsamer Vogel sitzt am linken Rand des Throns; über dem weggesackten Kopf und der bröckelnden Thronwand fliegt ein anderer auf – weit und breit die einzige Bewegung, die zwischen Stein und Himmel etwas aufzuheben und mitzuführen scheint, vielleicht hin zu dem abgestorbenen, im Fels verwurzelten Baum, dessen Äste wie geknickte und verbogene Speichen rund um eine Nabe gewachsen sind und jetzt kahl in die Luft ragen, wo sie ein stehengebliebenes felgenloses Rad, einen zum starren Zeichen gewordenen Leerlauf formen. Denn immer aufs neue wird es in der Einöde und auf der Gräberseite zum Abschluß gebracht, wird dahin gestoßen werden, schon tot oder noch lebendig, und dort zugrunde gehen und in der Schwärze oder blendenden Helle verschwinden. Die eine Seite zeigt nur, wo es beginnt und in Sicherheit ausgebrütet wird, die andere, wo und wie es endet mit Schrecken.

Ich bin mittlerweile in diese tiefe Stille so weit schon eingedrungen, daß ich mir nicht vorstellen kann, den Mund je wieder aufzumachen. Ja, ich sehe der dreifaltigen Sprachlosigkeit von Totem, Wisser und Dulder bis auf den Grund. Es herrscht uferloses Schweigen. Unvermittelbar und nicht mehr zu veräußern das Erfahrene, die Erkenntnis; das Wissen versiegelt in Körper, die es aushalten müssen, solange man sie leben läßt. Unausgesprochen füllt es das gesamte Blickfeld und den gegebenen Zeitraum aus, macht sich ausharrend breit – stehend sitzend liegend –, käut sich wieder zwischen sandigen Zähnen und knirschenden Kiefern, und reibt sich endlich, unerträglich langsam, selber auf zwischen den Häuten, wird erst zu grobem, dann immer feinerem und schließlich durch alle Ritzen verrinnendem oder beim leisesten Atemhauch in kleinen Staubwölkchen verfliegendem Sand.

Es müßte doch einmal jemand kommen und MIT PLÖTZLICHER WUT in diese ausgedehnte Reglosigkeit hinein aufbegehren, ihr den versteinerten Schrei entreißen, ihn mit stetig steigender Stimmgewalt in den Ort hinübertragen, bis sich dort die Dächer heben und endlich alles herauskommt. Es wäre doch höchste Zeit, daß die Zungen sich lösten hier wie dort, der Tote das zwischen seinen Lippen Steckengebliebene hörbar von sich geben könnte und das von den beiden Alten erstarrend Aufgespeicherte zwischen Gegenort und Ort zu zirkulieren begönne, weil die in der Ferne, zwar verwirrt und verstört, doch wenigstens endlich zuhören, wissen und reden wollten.

Ich schreie Gewalt und werde doch nicht gehört; ich rufe aber kein Recht ist da. Es rührt sich also nichts. In diesem Bild haben nur noch die Steine Worte, aus einer anderen Sprache und in fremden verzerrten Buchstaben. Und auch sie, Worte und Zeichen, zerfallen mit dem bröckelnden Marmor, zerreißen, bersten, spalten sich, verwittern, verflachen. Die hebräischen Inschriftreste an dem Thron des Umgebrachten – Experten können sie noch entziffern – bedeuten KRONE ... ISRAEL ... MIT

EINEM SCHREI ... Am Steinblock, auf dem Hiob sitzt, ist zum Lesen übriggeblieben DASS MEIN ERLÖSER LEBT und die Zahl Neunzehn.

Die zu einem Kranzgerippe hingebogenen stachligen Zweige – wie machen sie das eigentlich: mit Zangen, dicken Handschuhen, spitzen gespreizten Fingern? – lehnen zu Füßen des Toten an der Stelle des Marmors, wo das Wort Krone eingemeißelt ist. Ein dorniger Kranz heißt hier Krone; der in Stein geschlagene und selbst so nicht verewigte Schrei: wer stieß ihn einmal aus, wem gehörte die Stimme – ruhig und friedlich sitzt der Umgebrachte da; und Israel – was ist das, wann war das.

Daß nicht einmal der Stein Wort halten kann, hatte sich Hiob auch im neunzehnten Kapitel noch nicht träumen lassen. Er wütete, empörte sich, klagte an, verlangte Recht, hatte Wünsche wie diese: *Ach, daß meine Reden aufgeschrieben würden! Ach daß sie aufgezeichnet würden als Inschrift, mit einem eisernen Griffel in Blei geschrieben, zu ewigem Gedächtnis in einen Fels gehauen!*

Jetzt, auf dem Steinblock, an dem ein Überrest seiner Reden mühsam entzifferbar ist, ein kleiner Wunsch also in Erfüllung ging, sitzt er nur noch die Zeit ab, und das erhoffte ewige Gedächtnis ist bereits zu seinen Lebzeiten angeschlagen. Denn eine scharfkantige Ecke zu seinen Füßen brach heraus oder wurde mit Meißel, Keil und Hammer abgesprengt. Als Bruchteil oder Sprengstück, wenige Zentimeter weggerückt oder einfach nach dem Absplittern da liegengelassen, zeigt es wie ein Wegweiser aus einer Messer- oder Schwertspitze, die Bruchstelle ganz in schwarzem Schatten, auf einen entzweiten Schädel, der zwischen Thron und Block zahnlos in den Sand beißt, wenige Zentimeter entfernt von seinem losgelösten Unterkiefer mit noch vollständiger Zahnreihe.

Immer noch weiter hatte er darauf beharrt, daß ihm Unrecht geschehen sei. Wahrscheinlich hatte er abwechselnd geschrien, ruhig zu sprechen versucht, vor sich hin gewimmert, inmitten seiner Freunde sich selbst, das heißt seinem eigenen ungeteilten Wissen überlassen. Sie hingegen hatten alles darangesetzt, ihn in ihre Schranken zu weisen. Sie klagten ihn an. Wahrscheinlich begannen sie schon, sich über ihn lustig zu machen, als er plötzlich, zwischen Heulen und Zähneklappern, völlig überreizt, ihnen zurief: Aber ich weiß, daß mein Erlöser lebt! Es endete in einem hilf- und nutzlosen Wutanfall, noch lange vor dem endgültigen Verstummen.

Auf dem Stein hier ist von allem nur ein kopfloser Nebensatz übriggeblieben, Gedanke, den niemand mehr denkt, Aussicht, die keiner sieht, Hoffnung, die von niemand getragen und von keinem Körper mehr ausgedrückt wird. Daß mein Erlöser lebt. Es klingt hohl in den Ohren, verweist als Teilstück pfeilscharf gar auf den versandenden Mundrest des Schädels zwischen den Steinen und auf seine Augenhöhlen. Die Schatten werden lang und das Herz könnte einem entfallen.

Ich suche das Bild ab nach dem verwitterten vergessenen verlorengegangenen Hauptsatz, Quadratzentimeter um Quadratzentimeter, vermute ihn flüchtig im Hintergrund und in den sich ballenden Wolken. Viel später erst sehe ich ihn im Raum meiner mitgeschleppten Erinnerung stehen, während ich mich von Ort zu Ort tragen lasse oder mich kurzfristig auch einmal irgendwo aufhalte. Beides ist deutlich als Auseinandergesprengtes erkennbar: in den Stein gemeißelte kopflose Aussage und mundtotes ort- und grenzenloses Wissen. Daß mein Erlöser lebt – ich weiß. Blindgeworden füreinander steht beides da oder geht aneinander vorbei. An ein Zusammentreffen ist nicht mehr zu denken. In der entstandenen Lücke, in dem fortwährenden Abstand, der beides voneinander trennt, kommt das Bild auf und füllt es das sich bildende Vakuum. An der Schnittlinie von Gewaltgeschehen und Verschwinden ist es aufgehängt und harrt dort mit dem zu Tode Entspannten im Mittelpunkt vollkommen ruhig aus.

Es ist ein gründlich vermessenes Gelände geworden, dieser kurze Moment zwischen Leben und Totsein, Dasein und Beseitigtwerden. Das Bild hat ihn zu einer vorübergehenden Ewigkeit gemacht, zum Anschauungsmaterial auf Lebenszeit. Unausgesprochen bewahrt es den Hauptsatz auf in den sprachlosen Figuren. Ich weiß. Der Inhalt ihres Wissens jedoch kann nicht abgefragt werden. In lichten Augenblicken stellt er sich vielleicht von allein dar; ohne daß jemand je etwas gesagt hätte, lese ich vielleicht doch einmal einen Satz von den toten Lippen ab. Aber schon morgen wieder, nach einer kurzen Abwendung, würde ich feststellen, daß alles noch einmal von vorn zu beginnen hat. Denn diese Art von Wissen verliert sich stets aufs neue. Nur in den Farben scheint es immerwährend auf, in warmem Braun und Elfenbein, in Blau und hellem Purpur, Grün und Ocker, als nachglühende, weit entfernte Erinnerung, wie in einem Traum.

4.
Der anhaltend letzte Blick

1.

An der Zimmerdecke sprudelte heftig kochendes Wasser. Immerzu zerplatzten Blasen und bildeten sich erregt gleich wieder neue. Eigentlich hätte dadurch ein feiner warmer Nieselregen herunterkommen müssen. Aber es blieb ganz trocken und kalt im Raum, und nirgends schlug sich Wasserdampf nieder. Was soll aus mir werden, unter diesen Bedingungen, dachte sie gerade, als alles kochende Wasser von der Decke auf den Fußboden stürzte. Beim Aufprall auf das Linoleum erstarrte es zu unzähligen, die gesamte Bodenfläche bedeckenden Glaskörpern, von denen einige spitz und scharfkantig in die Luft ragten, andere sich zu Saugglocken geformt hatten. Sie waren fest mit der Unterlage verschmolzen und zeigten jetzt im diffus von rechts einfallenden grauen Tageslicht eine mondsteinähnliche milchige Bläue.
Sie beugte ihren Kopf ein wenig hinunter, um die Glaskörper, die sich nach dem Absturz des siedenden Wassers auch an ihr gebildet hatten, aus ihrem Haar zu schütteln. Aber sie schienen fest mit ihm verwachsen. Sie nahm eine Strähne zwischen ihre Finger und sah, daß Strecken einzelner Haare ins Glas eingeschlossen waren wie Insektenbeine in Bernstein. Jetzt kam ihr zum ersten Mal der Gedanke, das Zimmer möglichst schnell zu verlassen. Sie warf die Haare zurück, die dabei leise klirrten, und versuchte, einige Schritte zu machen. Die spitzen Körper schnitten in ihre Schuhe und drangen durch bis

zu den Fußsohlen, an den runden rutschte sie unaufhörlich ab. Sie blieb schwankend und unsicher balancierend, zwischen Spitzen, schrägen scharfen Kanten und runden Buckeln stehen, ihre Füße zuerst warm verklebt vom Blut, dann schnell krustig erkaltend. Es gab keinerlei Heizvorrichtung im Raum. Ununterbrochen rieselten über ihre ausgedehnteren Hautflächen Myriaden kleinster Frostkugeln. Sie hätte sich so gerne hingelegt. Wenigstens würde sie nun aber nicht mehr ins Büro müssen.
Sie war wie immer auf ihren Blick zurückgeworfen, obwohl doch der größte Teil des lebenden menschlichen Augapfels so flüssig ist, daß er schon bei relativ leichten Verletzungen schnell abfließt. Für ihr Augenpaar hingegen war nun wirklich immer alles gut ausgegangen. Schwarz vor Augen war ihr nur sehr selten geworden. Sie hatte, das mußte sie zugeben, außerordentlich oft geweint und geschluchzt und so möglicherweise überdurchschnittlich große Mengen von Naß abgeladen und hinter sich gelassen; aber schließlich hatten die allerersten Augen sogar ganz im Wasser gelebt, im Weltozean, der sie ohne Anfang und Ende badete und umspülte. Das war also durchaus in Ordnung und nicht eigentlich widernatürlich. Nein, ihr Augenpaar war im Grunde als glücklich zu bezeichnen; es war stets bei ihr geblieben und hatte nicht ein einziges Mal aufgegeben, selbst wenn sie krank und außer sich nur noch als bleierne Last von ihm mitgeschleppt oder nachgeschleift worden war.
Im Laufe der Zeit hatte sie das gesamte Gelände kennengelernt. Die Bahn direkt ins Hirn, den Pol, die Achse, Häute und Flüssigkeiten, den Iriswinkel und die Kammerbucht. Das Auge glänzt im Leben, im Tod ist es gebrochen. Manchmal war es, als falle schwärzlicher Schnee zwischen der rechten Hornhaut und dem kalten

stillen Hirn, aber das waren in Wirklichkeit nur die seit der Lebensmitte laufend abgestorbenen Zellen des Linsenkerns, die das eindringende Licht unruhig umging.

Es ließe sich auch ganz anderes behaupten, zum Beispiel daß man ihr bei ihrer Geburt die Augen fast ausgerissen hatte und daß sie seitdem nur noch am seidenen Faden hingen. Oder sie war gleich als Totgeburt angekommen, und einzig die Augen, wie durch ein Wunder leben geblieben, waren richtig zur Welt gebracht worden. So war sie ja nun schon ziemlich alt geworden, und man sah ihr das derart mühsam geführte Leben auch an.

In Wahrheit aber hatte es für sie immer wieder nur eine einzige ernsthafte Gefahr gegeben – ich kann es ruhig sagen, die Folterer wissen schon alles und brauchen nichts mehr eigenhändig herauszufinden: wenn sie, völlig allein, zu sich kam und nicht einmal die schmalste Lichtritze übriggeblieben war, wie in manchen fremden, ganz und gar verdunkelten Schlafzimmern oder Schiffskabinen. Dann konnten auch ihre Augen keine Helligkeit und keine Farben mehr werfen. Der Faden riß. Auch sie hatten sie nun noch verlassen. Nur wenige Sekunden, während derer sie schrie und um sich schlug, konnte sie das überbrücken, gerade so lange, wie die Augen brauchten, wieder zu ihr zurückzukehren, und bis der erste schwache Lichtpunkt auf sie zuzuschweben begann, aus noch schwarz verhangener Entfernung.

Langsam und schwerfällig und von Schlägen begleitet enthüllt sich alles, obwohl es immer schon nackt bis auf die Knochen dagelegen haben muß.

Aber die Welt war schön, nicht nur manchmal und an einigen ausgesucht wenigen Stellen, sondern ständig und überall. Die Augen breiteten das unermüdlich vor sie hin. Machte sie jedoch schnell einen Schritt darauf zu, blieb es jedesmal unantastbar und gleich weit entfernt, getrennt von ihr durch einen nicht einmal besonders großen Zwischenraum, der etwas konstant Undurchlässiges, manchmal auch schemenhaft in sich selbst Bewegtes barg, hinter welches nicht zu kommen war. Es blieb nur einfach da, bildete eine regelrechte Bannmeile um sie herum, die je nach Jahreszeit, Wetterlage und Gemütszustand der Person unterschiedliche Auswirkungen hatte.

Es war auch von Anfang an dagewesen, und oft wußte sie für Bruchteile von Sekunden ganz deutlich, was es war, sie konnte es aber nicht behalten; und auch jetzt behielt sie es nicht oder doch nur teilweise und in kleinen Portionen bis zum nächsten Vergessen. Selbst wenn sie in jenen Wissensmomenten ganz schnell einen einfachen Aussagesatz notierte, der unmißverständlich wiedergab, um was es sich handelte, konnte sie seine Bedeutung oft schon nach einer Stunde nicht mehr verstehen; die einzelnen Worte standen klar da, aber zusammen ergaben sie nichts oder nur eiligst unter ihren Blicken sich Verpuppendes. Dann bildete sie sich ein, sie habe es nur gerade mal aus dem Auge verloren und sie brauche sich nur gehörig anzustrengen, um es bald wieder fixieren zu können. Bisweilen nahm es auch mehrere unterschiedliche, immer jedoch äußerst vage Gestalten an. Einmal hätte es ein Gesenke sein können, dann wieder ein rasendes Gefälle oder ein breiter Strom mit Eisgang, oder auch ein offener Schlund mit dem unerschaubaren Engel des Abgrunds in der Tiefe; meistens aber schien es nur ein blendend helles Feld, eine Gefahrenzone, die nichts preisgab. Vielleicht war es Deutschland.

In so einer gleißenden Helle wäre sie einmal, im Sommer, beinahe ganz verschwunden. Die Gefahrenzone war mit jeder Woche größer geworden. Die Person war noch jung und arbeitete in den kühlen und sonnenabgewandten Büroräumen einer Altbauwohnung in Wilmersdorf. Von früh morgens an – jeden Tag – griff eine schreckhafte, eilige Gewißheit um sich, die sich erst abends allmählich besänftigt wieder legte und sich nachts anscheinend völlig zurückzog. Der schwere übersüße Geruch der blühenden Linden hüllte die Gegend ein, Tag und Nacht, und die Straßen und Trottoirs und geparkten Autos waren klebrig vom Blütensaft. Nur war morgens doch alles erstmal erholt, und der schwere Geruch wirkte etwas leichter und mit einer Ahnung von Frische versetzt.

Abends entfernte sich der Himmel bis hinter eine flockig dämmrige Höhe und gab so, gemeinsam mit dem sich abkühlenden und staubfrei werdenden Duft begossener Balkonblumen, den Auspuffgasen und Lindendunstschwaden einen Raum frei, in dem sie sich wieder leichter bewegen wollte. Fast schon begann sie beim Eisessen auf etwas zu hoffen, mit ihrem Geliebten neben sich. Und auf dem Heimweg, nun in Dunkelheit, kam sie sich nahezu sicher vor, unter einem wieder eingerenkten nächtlichen Firmament. Dann hörte sie, auf der Bettkante sitzend, noch GOOD BYE RUBY TUESDAY oder MY DEAR LADY JANE bei offenem Fenster, und war wirklich gar nicht so schlecht dran in diesen schön zur Ruhe gekommenen Momenten.

Und dann, an einem Morgen, schon beim Aufwachen jenes unwiederbringliche Licht, das ihre Hinterhofwohnung bis in die verstecktesten Winkel ausleuchtete, und etwas später auch die Büroräume, in denen sie wie gewohnt ohne Sonne zu arbeiten versucht hatte. In der Toilette lag ein graubrauner Wurm auf den Fliesen und wand und krümmte sich unaufhörlich auf der Stelle. Sie konnte es nicht mit ansehen und zerdrückte ihn endlich mit ihrer Sandalenspitze zu einem schleimig nassen Fleckchen. Sie hörte sich, während sie darauf hinabsah, Entschuldigung und Vergib mir murmeln und ging die wenigen Schritte über den Flur in die einsame Küche, um keinen anlächeln und kein weiteres Wort sagen zu müssen. Denn sie spürte, wie ein metallener Belag sich an ihr bildete, bis über ihre Nasenwurzel hochwuchs und sich oben, über ihrer Schädeldecke, verschweißte. Sie begann zu schwitzen und kam einem Siedepunkt immer näher. Nur die Augen schienen ausgespart, denn sie blickten auf das schattige, von hier aus fast schwarz aussehende Grün im Hof wie auf den Ausschnitt eines friedfertigen Sommers. Eberhard kam herein. Ihn brauchte sie nicht anzulächeln.

Ich muß jetzt gehen, ich bin ganz krank, sagte sie zu ihm, ans Abwaschbecken gelehnt und schon durchnäßt vom in sie eingeschlossenen Schweiß.

Er holte ihre Tasche vom Schreibtisch und gab sie ihr. Daß er sie sofort verstand, war merkwürdig. Sie lief nach Hause und schleppte die Gewißheit, daß sich so nicht leben ließ, schon gar nicht im Sommer, mit sich, als habe sie sie noch jemandem vorzulegen. Kurzatmig und frierend ging sie zu Bett. Als sie nicht viel später die Schritte ihres Geliebten auf dem Flur hörte, schlug ihr Herz laut auf wie in einer unvorhergesehenen und separat sich ereignenden Turbulenz. Denn der Rest ihres Körpers blieb schwer und unbeweglich.

Er überredete sie, mit ihm an die Luft zu gehen. Erst mußten sie aber noch im Supermarkt einkaufen, und zusammen griffen sie allerhand aus den Regalen und taten es in den Einkaufswagen, als ginge es um die Erfüllung einer äußerst ernstzunehmenden Aufgabe, um eine Art Ablaß an den Zeitablauf, der unter keinen Umständen versäumt werden durfte – for my flesh is meat indeed, and my blood is drink indeed – während der Tag selber unheilbar abgeschnitten davon voranschritt. Auf dem Rollband an der Kasse stand und lag dann alles beisammen und wurde von der linken Hand der Kassiererin einzeln gegriffen und abgefertigt. Die Person blickte dabei über den Kopf der Kassiererin zur geöffneten Tür hinaus. Autos hielten gerade an der Ampel. Um sie herum flimmerte die Luft.

Ohne jene Gewißheit wäre das alles gar nicht so schlimm gewesen.

Danach fuhren sie und ihr Geliebter durch Bahnen und Balken weißlichgelber Helle nach Steglitz und betraten einen Park, der weit und hoch und dabei auch in diesem Licht angenehm sichtbar geblieben war, denn nach oben hin breiteten sich dichte Laubwolken aus, und erst in angemessener Ferne gab es Blumenrabatten und Buschgrenzen. Sie war stumm und ging neben ihrem Geliebten her. In einer Buchenallee stiegen bis in den Lichtspalt, den die Laubmassen hoch über ihren Köpfen genau in der Mitte frei gelassen hatten, mehrere weiße Wassersäulen gebündelt auf, fielen dort wie befreit auseinander und gleich in weichen Bögen rundum zurück in das große gekachelte Becken des Springbrunnens.

Ihr Geliebter sagte: Was ist denn, warum geht es dir so schlecht?

Und sie sah sich daraufhin mitten in der blendend hellen Zone stehen, von ihren eigenen und fremden, übergroßen Augen erstaunt gemustert, und hörte sich aus dieser Zone antworten: Ich glaube, ich muß jetzt sterben.

Oder sie sagte etwas anderes, in jedem Fall aber ganz Ähnliches. Schon bei den ersten Worten bemerkte sie, daß etwas sich sehr langsam zur Seite neigte und gleich unaufhaltsam entgleisen würde. Dazu hatte sie sich auf eine Bank gesetzt; ihr Geliebter setzte sich neben sie. Ja, es war soweit. Ein bestimmter, bis dahin nicht zu stoppender Abtrieb rollte nur noch aus und ließ sie an einem verdeckt dunklen Punkt leicht nachzitternd zum Stillstand kommen. Nach all dem. An einer Stelle war auch der metallene Belag aufgerissen; ein Spalt wurde immer breiter, und etwas begann aus ihm herauszusickern, dann zu fließen, schließlich unter zunehmendem Druck sich klumpengleich hervorzustoßen, bis es sie von allen Seiten überschwemmte und überflutete. Es war ein nicht mehr anzuhaltendes, unstillbares und nicht zu ortendes Bedauern. Weil alles so war. Abwechselnd schien es jeweils einen Augenblick bei einem von zwei Polen zu verweilen, bevor es sich gleich wieder auf den Weg machte. Der eine Pol war ihr Geliebter in verschiedenen Momenten, der andere Henning und wie sein vierjähriger fahriger Körper, auf einmal totenstill, den Kopf wie bei einer Mumie bandagiert, einmal in einem langen Bett vor ihr gelegen hatte; eine kleine bleiche Larve mit verklebt geschlossenen Augen allein in einem hohen Krankenhausraum, in den sich ein fahles und kaltes Morgenrosa schlich. Er war in eine unergründliche Laut- und Bewegungslosigkeit eingehüllt; ganz lange sah sie darauf hinab. Und obwohl sie vorher schon alles versprochen und geschworen hatte für den Fall, der unbedingt eintreten mußte, nämlich daß er noch einmal für immer aufwachte – er sollte ihr liebstes Spielzeug und ihre halbvolle Sparbüchse und überhaupt alles haben und sie würde ihn nie wieder schlecht behandeln –, begriff sie jetzt, daß so nichts zu gewinnen war, ja, daß es überhaupt nicht darum ging. Er befand sich nicht mehr in einem gemeinsamen Bereich, war unter fremdem Gesetz und ein vollkommen in sich abgeschlossenes Unberührbares geworden.

Während sie ihn da in jener Stille unaufhörlich hatte ankucken müssen – sie war ja selber erst elf Jahre alt –, fiel ihr etwas auf: sie hatte auf einmal keine so große Angst mehr um ihn oder vorm Alleinzurückbleiben. Denn an Ort und Stelle ging etwas ganz anderes, etwas, von dem sie bisher gar nicht gewußt hatte, daß es über-

haupt ein Wunsch war, in Erfüllung: der Alltag wurde außer Kraft gesetzt. Was sonst ununterbrochen und unerbittlich alles war und pausenlos befolgt werden mußte, jetzt war es nichts. Es kam nicht mehr auf den Fortgang um jeden Preis, es kam nur noch auf jeden ohnmächtig konzentriert und doch in aller Ruhe abzuwartenden Augenblick an, und sogar das wurde noch von etwas anderem, einem sehr langen Atem übertroffen und in den Schatten gestellt. Das kleine festgewickelte Bündel, irgendwo auf unbetretbarer Strecke zwischen Leben und Tod, ton- und reglos, hatte diese Kraft gehabt.
Dann standen sie und ihr Geliebter von der Bank auf und gingen die Allee hinunter. Überall in und auf den verschiedensten Schichten um sie herum bewegte es sich dunkel schattig oder bunt verkleidet, klein und groß, geradlinig, gewunden oder abrupt die Richtungen wechselnd. Kinder planschten im Wasser und kreischten, andere liefen kreuz und quer über die Wege, und in vielen kleinen Kuhlen am Wegrand, die Körper halb darin versenkt, flatterten Spatzen hektisch auf der Stelle, unterbrachen immer wieder ihr Sandbad, flogen fort und kehrten zurück, laut auftschilpend und in ganz überraschend sich bildenden Lärmknäueln plötzlich schrill gegeneinander anschreiend. Auch alte Leute gingen mit einer gewissen Dringlichkeit umher, sogar wenn ihre Rücken gebeugt waren und das eine oder andere Bein etwas nachgezogen werden mußte. Andere saßen auf Bänken nebeneinander, leicht vorgebeugt, steif zurückgelehnt oder einander halb zugewendet. In der Höhe des Laubs jagten wieder die Mauersegler, und in den Blumenbeeten überstiegen die blauen, roten und gelben Kelche, Glocken und Kronen sich gegenseitig und sonderten dabei eine durchsonnte süßliche Wärme ab, die ohne Unterbrechung an allen Körpern vorbei auf etwas anderes zuströmte.

Sie war hier in dieser Gegend nur eine vertikale Schattigkeit, Widergänger aus einem aufgegebenen Tafelland. Inmitten der treibenden und getriebenen Bewegungen hatten sich ihre Schritte selber gezählt. Und daß ihr Geliebter als paralleler aufrechter Abriß die ganze Zeit neben ihr geblieben war, nur damit sie allein nicht so auffiel, das war ein unfaßbares Entgegenkommen gewesen, ein Liebesbeweis, der ihr gar nicht zustehen konnte.

2.

If victim can speak, cough, or breathe, do not interfere. If victim cannot speak, cough, or breathe, give 4 quick back blows. If unsuccessful, give 4 upward abdominal thrusts or 4 backward chest thrusts. Repeat above sequence. Be persistent. Continue uninterrupted until advanced life support is available. Call for help.
Help. Help.
Starr hielt sich etwas über dem Horizont, eine tonlos aufgestiegene Nachtlerche mit feststehendem Atem.
Die Person lag schwergliedrig ausgestreckt in der Nachzeitigkeit des üblichen, dickflüssig vergifteten Schlafs und zögerte noch den ersten Anfall hinaus, der sie jeden Morgen aus dem zentralen Höhlengrau schleuderte. Es war gut so; die abzulebende Ödnis wurde dadurch erheblich aufgelockert, ja, manchmal hätte sie einem sogar als Drama mit noch offenem Ausgang erscheinen können. Ähnlich den Mahlzeiten in New Yorker Restaurants oder Imbißstuben, die grundsätzlich nur im Zustand unterschwellig lauernder Alarmbereitschaft eingenommen werden konnten wegen der stets paraten Drohung des Erstickens, denn in allen gab es diesen unübersehbaren

Aushang, in Form und Größe oft Menükarten vergleichbar – FIRST AID FOR CHOKING VICTIM.
Normalerweise drückte sich die Ödnis durch die Schädeldecken und Gehöreingänge zugleich, damit keiner das Splittern und Aufstöhnen wahrnehmen konnte, weder bei sich noch bei den anderen.
If victim is conscious. If victim becomes unconscious.
Jetzt aber, ihre Augen blieben weiter geschlossen und im Innern ihrer Knochengänge herrschte noch die Ruhe der formlos Liegenden, weil der erste Anfall sich immer noch nicht ereignet hatte und die ihn begleitende Erregtheit noch ausgeblieben war, jetzt ergab sich eine schnell und ebenmäßig wachsende Wölbung. Die Welt wurde wieder aufgeblasen, und zwar zu einem tintig dunklen Gebilde, einem Zelt aus weichem, unbegrenztem Stoff, luftgleich und noch kühl durchwirkt von nächtlichen Strömungen, damit alles seine frühe Transparenz eine Weile behalten konnte und nicht so schnell beschlug. Mühelos begann sich eine besonders nach oben hin geräumige Ordnung auszudehnen, versuchsweise klang sie hier und da schon einmal an, hielt wieder inne, wartete und atmete tief durch, bis auf einmal, offenbar durch einen genau in diesem Moment erreichten Grad der Abrundung und wie auf ein mittlerweile schon gespannt erwartetes Zeichen hin, alles gleichzeitig und gleichmäßig auftönte, um für eine kleine Dauer, unablässig und nur vom Atemholen unterbrochen, etwas in die Höhe und Weite zu schicken, mit einer gewissen Eile, aber nicht gehetzt. Die zirkulierende, zur Welt gekommene neue Luft nämlich, die durch sämtliche lebenden Körper mußte und, rhythmisch angereichert mit der jeweils eigenen Stimme, durch die geöffneten Münder Schnäbel Mäuler unentwegt zum Aufsteigen gebracht wurde.
Da lag sie, winzig, im Mittelpunkt dieser tagenden Blase,

genau unter dem Zenit, der bald doch wieder nur die übliche Öffnung sein würde, durch die die schnell alternde Zeit entweicht und dabei alles Mitaustretende kurz und klein schlägt und zum Verschwinden bringt. Obwohl die Person doch auch ein ganz junges, ja noch kleines Mädchen hätte sein können, über dessen flache Halbschlafwölbung sich jetzt die große Kuppel eines neuen, frischgeworfenen Tagesanfangs breitete.

Es war ein einziger Aufstand, eine Entfesselung. Während sie so schwer dalag und entschlossen von lauter Stimmen überstiegen wurde. Ich möchte auch krähen schreien rufen aufsingen und schlagen und dieses verschwiegene und ebene Ein- und Aushauchen für immer beenden.

Zum Schluß lag sie unter einem ausladenden, dunkel opalenen Klangkörper, der genau über ihre kleine Ausdehnung mit den geringfügigen Rundungen und Vertiefungen hin eine gläserne Segmentbrücke gesetzt hatte. Sie hörte noch das in vollkommen regelmäßigen Abständen erklingende vierstufige Crescendo des Haupthahns, das auf der obersten Stufe jeweils gehalten und in die Breite gedehnt wurde, als sei es schon beim Zenit angekommen, bis es, gefolgt von einer Art Kometentonschweif, sich langsam wieder senkte und dann schnell abfiel. Das wurde jedesmal genau abgepaßt und prompt von einem zweimaligen knappen Blasen wie durch eine zu tief heruntergestutzte und merklich angerostete Trompete signalhaft streng beantwortet. Dann aber auch die zahllosen kleineren weichen Stimmen, die sich in alle Richtungen und Windungen vorsangen, schnörkelnd und schlangengleich. Ganze Liedanfänge und wiederkehrende Motive wurden von ihnen ausgesandt. Zusammen bildeten sie, ununterbrochen füllend und ausschmückend, den größten Teil des sich vielfach ineinander verwebenden Körpers, der immer dann, wenn er nur noch eine einzige Verknäuelung zu werden drohte, wieder dadurch durchsichtig wurde, daß jemand mit einem Teelöffel feinfühlig, aber bestimmt und mehrmals hintereinander, gegen eine Tasse aus dünnstem Porzellan zu schlagen schien. Diese hell aufklingenden Perltöne wie von einem Silberschmied, die am geradesten und vielleicht auch am höchsten aufstiegen, entstanden ganz in der Nähe ihres Kopfes.

Unterdessen gehe ich eilig durchs Parterre des größten Kaufhauses und bewege mich schon auf die paarigen Doppelrolltreppen zu, als ich im letzten Moment, ganz kurz vor den untersten Stufen, bemerke, daß hier heute eine Sonderwerbeaktion stattfindet. Dazu ist eine von den beiden Aufwärtstreppen umgeschaltet worden, so daß sie jetzt abwärts läuft. Und immerzu fährt eine ganz unbeweglich und sehr aufrecht stehende junge Frau mit blassem, ernstem, völlig ruhigem Gesicht und niedergeschlagenen Augen hinunter. Ist sie unten angekommen, öffnet sich eine zweiteilige Bodenklappe und die junge Frau versinkt, immer noch bis zum letzten Augenblick aufrecht, und ist im nächsten Moment schon wieder auf der obersten Stufe und wird bereits aufs neue hinabtransportiert undsofort. Im Verborgenen hinter der Treppe arbeitet ein Mechanismus, der sie in Schallgeschwindigkeit hochschleudert.

Sie ist natürlich die einzige auf dieser Treppe, oben und unten wird durch eine Absperrungskordel den Kunden und dem Personal der Zugang verwehrt. Die Frau ist zum Tode verurteilt und hat nur noch wenige Tage zu leben. Man kann ihr aber Süßigkeiten, vor allem Pralinen, reichen. Ein Sonderrecht, das das Kaufhaus offenbar für sie ausgehandelt hat. Das heißt, reichen kann man ihr die Pralinen nicht, man muß sie vor die Absperrung legen, und die Verurteilte bekommt sie wohl erst nach Feierabend.

Vor der Treppe ist ein Verkaufsstand aufgebaut worden. Zwei Verkäuferinnen wiegen pausenlos Pralinen ab, schütten sie in kleine wattierte Tüten. An dem Stand ist alles Ton in Ton gehalten, nougat- und milchschokoladenfarben, auch die Kittel der Verkäuferinnen und ihre Haarhäubchen. Ich stelle mich an und kaufe ein Viertelpfund gemischte Pralinen für die Verurteilte.

Als ich nach dem Bezahlen die Tüte nehmen will, sagt die Verkäuferin: Nein, Sie können nur eine Praline rausnehmen und sie ihr hinlegen. Mehr auf einmal ist nicht gestattet.

Und was geschieht mit den anderen, frage ich.

Die müssen Sie uns dalassen, wir sorgen dafür, daß sie den Rest kriegt.

Ich nehme die eine Praline und lege sie links vor die Kordel, es liegen schon fünf oder sechs andere da, richte mich wieder auf und sehe im Weggehen der Herunterfahrenden flüchtig entgegen, aber ich komme so schnell nicht unter ihre Lider. Auf den drei anderen Treppen, eine aufwärts, zwei abwärts, stehen die Menschen dicht gedrängt und blicken in die Richtungen, in die sie transportiert werden.

Der Tag war schon aufs übliche, hell ausgeleuchtete Flächenmaß zusammengesackt, als die Person wieder zu sich kam. Mitten im Anfall. Die wenigen übriggebliebenen Stimmen waren ausgedünnt und kleinlaut, manche klangen auch eingeschüchtert und zurechtgewiesen. Man konnte nur noch abwarten. In der Mechanik der Welt.

Ich, mitlaufend in der Mechanik, am höchstgelegenen Punkt unausgesetzt über die ineinandergreifenden Zahnräder springend, um mich nicht in ihnen zu verfangen, Schmieröl an den Füßen, an den Beinen, unterm

Rock bis zum Bauchnabel schon, verkrustende und immer neu aufgeschlagene Kniekappen, weil ich dabei zu oft ausrutsche. Dicksohlige Holzsandalen an den Füßen, mit denen geschmeidig federndes Laufen auf dieser schmalen Richtlinie unmöglich ist; ehemals kanariengelbe Söckchen, jetzt von Öl, Blut und Schweiß vollgesogene Lumpen. Diese Person ist eine weiße Frau und immer noch nicht ganz erledigt. Vorbei an den Freßmaschinen mit ihren unterschiedlichen Lauf- und Mahlgeschwindigkeiten, die dumm-friedliche Natur streifend; vorbei an den Standorten der Baumgefängnisse, ihrem unerträglichen Sichausschweigen winters sommers.
Diese laufende Person, noch dazu alternd, kann keine Richtungen einschlagen, sie kann nur noch umkehren. Repent my love my fair one and come away. Sie hat aber schon alles bereut und weder ihr noch anderen wurde damit geholfen. In Wirklichkeit kann sie auch gar nicht umkehren. Wenn die Holzsohlen in einem günstigen Moment gerade einmal Halt finden, kann sie sich vielleicht schnell umdrehen. Umgedreht, auf geschäftigen, immerzu frisch verwundeten Füßen, denn sie muß ja unaufhörlich weiter über die Zahnrädernaht springen, sieht sie das hinter ihr und nun vor ihr Liegende, jetzt also nach hinten tretend. Es ist schwieriger, so in den laufenden Stillstand zu rennen, die zukünftige Zeit, das Vorwärts umgekehrt anspringend; und sicher fällt sie bald, mit Gesicht und Körperfront vornüber, in die spurenlos zertretene Vergangenheit.
Nachts geht es mit der Mechanik besser, da liege ich ja wenigstens. Und obwohl die Träume mich strengstens bewachen und mich kaum einmal aus den Augen lassen, lebe ich vergleichsweise gern im Dunkeln. Denn ausgestreckt und mit zugedeckten Augen kommt mir mein Leben mit der gleichmäßig darin versprengten

Qual fast als Erholung vor. Ich liege auch gern in einer schwach erleuchteten Schwärze.

Nur die anderen, Unruhestifter durch und durch, lassen mich sogar dann noch nicht allein. Im Gegenteil. Je ruhiger ich scheine, desto lauter und unruhiger werden sie. Je mehr ich mich von ihnen abkehre, desto näher treten sie mir, je dichter ich mich gegen sie verschließe, desto weiter reißen sie mich auf. Mund Augenlider Ohren Poren. Es ist ihnen alles recht. Sie spreizen sich herein, versteifen sich in meinen Weichen und Härten und machen nicht den geringsten Unterschied. Manchmal ist es mir nach einer Weile egal, meistens jedoch möchte ich sie ausstoßen, hinauswürgen, zum Verschwinden bringen, wenn ich es könnte.

Welchen Schaden sie im einzelnen anrichten, habe ich vergessen, ich kann inwendig nichts mehr erkennen. Und das Interesse meiner Geliebten geht nicht so weit.

Ich weiß nur, wie sie es anstellen. Gleich nachdem sie sich Zugang zu mir verschafft haben, machen sie sich über meine Zellen her, und sie erreichen immerhin, daß von den circa 1 000 Billionen, die mich bevölkern, keine am vorgesehenen Ruhepunkt bleiben kann. Sie hetzen sie aneinander vorbei und aufeinander zu, manche werden dabei vollständig aufgerieben. Mit einer bestimmten Vorrichtung, einer Art Klammerung, schaffen sie es, daß sich an einigen Stellen Zellenbündel und -verästelungen zu Folterballen zusammenschließen müssen, wo sich ständig Entgegengesetztes gleichzeitig ereignet, keineswegs aber eins wird. Unzählige kleinste Innenräume werden dabei bis zum Zerreißen gedehnt und zugleich in eisernem Griff ebensosehr zusammengedrückt. Ganze Zelleinheiten befinden sich dann auf dem Prüfstand und werden auf ihre Tauglichkeit getestet.

Dann geht es mir schlecht, und ich möchte nun auch nicht mehr liegen. Sogar noch in meinem Alter fange ich dann oft an zu beten, und einmal sagte ich deutlich hörbar in die grenzenlose Dunkelheit hinein: Erlöse mich aus dieser Verkeilung.

In Wirklichkeit aber ist es nur das Nachtwerk, das jetzt läuft. Und wer nicht schläft, hat es selber zu verantworten. Besonders weibliche Schlaflose neigen dazu, sich mit den Verursachern einzulassen, ja, im Morgengrauen sehen sie dem Alptraum oft zum Verwechseln ähnlich, sie werden zu sich selber krönenden Schlacht- und Leichenköniginnen, Zermalmerinnen abgelaufener Zeit. Denn die schlaflose Nacht, Luftgesicht der Genauigkeit, ist eine Mahr für alle.

Die Person sackt jetzt ab, sie hört es, weil die Zellen plötzlich ganz ruhig sind, vielleicht sind sie vorübergehend ausgestorben.

Zuerst wird ein Schwarzer mit einer Dampfwalze erledigt. Er wird in einem einzigen Arbeitsgang ganz einfach ausgebügelt und entseelt. Ein Unfall bei Straßenarbeiten. Und dann ist da noch dieser alte Mann, den ich vor längerer Zeit umgebracht habe. Das weiß aber noch keiner; ich selber weiß es auch noch nicht, werde es jedoch gleich erfahren und dann sofort wissen, daß ich von nun an nie mehr vergessen darf, keine Minute, keine unvorsichtige Sekunde, damit die anderen es nie herausbekommen können, daß ich nämlich eine Mörderin bin. Was soll bloß aus mir werden. Es ist mir aber bereits im darauffolgenden Moment entfallen, während ich selbstvergessen abwechselnd auf den ausgewalzten Schwarzen am Straßenrand und auf ein altes, von Blüten überflutetes Gemäuer dahinter starre. Und ich wende mich auch gleich wieder meiner Arbeit zu, die darin besteht, von dem Skelett des alten Mannes, das zu diesem Zweck schräg gegen eine Hecke gelehnt ist, das erst halbverweste Fleisch zu kratzen, mit meinen viel zu kurz geschnittenen Fingernägeln. Die Fingerkuppen tun mir schon weh. Bis endlich feststeht, daß eine Person gleichen Alters und ich erstochen werden sollen. Ein Landsknecht hat uns diesen Dienst zu erweisen. Er sticht mit einem kurzen Dolch ins Herz der Person, dann tritt er von der Seite an mich heran, legt den linken Arm um mich und will mit dem rechten gerade zum Stoß in meine Kehle aushohlen, als er innehalten muß, weil angeblich eine Verwechslung vorliegt.

3.

Kurzfristig überkam ihn indes noch einmal ihrer beider Liebe. Zuerst lehnte er sie gegen ihre unbedeckte Wange, legte sie dann mit seinen trockenen Lippen auf ihre, preßte sie schließlich zwischen ihre Zahnreihen, die bald freiwillig und leicht auseinandergingen. Er konnte sich wohl nicht mehr vor ihr retten. Welle um Welle schickte er durch sie hindurch, unaufhaltsam und dringlich. Es spülte zurück, über ihre Köpfe weg, über jedes vorher gesagte gedachte geschriene Wort. Ihr Herz schlug nicht mehr zurück. Sie spürte seine letzte Woge näherkommen. Seine. Ich müßte mich ergreifen. Er saß jetzt auf ihr. Ritt in großen größerwerdenden Bogen über sie hin und kam mit einem Gemisch hingeatmeter, zerstoßener und zerstückelter Bewegungen Seufzer Worte auf dem Fleck Erde an, der alles bereithält, was du brauchst. Dunkelheit Verschweigen traumabgewandten Schlaf. Denn die Lebenden müssen schlafen und ruhen und schweigen unter dem Gewicht der Lebbarkeit.

Sie machte, noch vom Bett aus, eine unvorhergesehene Bewegung, um sich versuchsweise aus dem Zusammenhang zu reißen. Sie konnte nicht weiter nicht seitwärts nicht zurück. Während linker Hand, im Abstand von etwa drei Metern und durch eine Backsteinmauer von ihr getrennt, schwere Pfingstrosen sich breitmachten und hochaufgeschossene Wildhyazinthen verblühten, und rechter Hand, sechs oder sieben Meter entfernt und hinter zwei Mauern mit Zwischenraum, Dauerlupinen, Hornkraut und Wundklee vorherrschten und die sich entblätternden Tulpen im Wege standen. Denn sie lebte jetzt umgeben von den allerbesten Bedingungen; sie hatte fast nur Gutes vor Augen und um die Ohren: Flugzeug- und Autoverkehr spielte sich in angemessenen Entfernungen ab, Deutschland konnte sie sich vom Leibe halten, so oft es nur ging, die anderen Menschen teilte sie sich weitgehend ein, und den Informationsballungen und -schlachten wich sie aus. Fast hätte sie doch noch eine späte Lebenskünstlerin werden können, wären da nicht die fünfzehn oder sechzehn Pfeile gewesen, die von den Füßen bis zu den Schulterrundungen aufwärts kreuz und quer in ihrer Körpermasse steckten. Obwohl sie unsichtbar waren, ließen sie sich nicht mehr verheimlichen, denn ihr Kopf warf sich immerzu von einer Seite auf die andere und ihre Gesichtszüge waren deutlich schmerzverzerrt; sie lag ja außerdem neben ihrem letzten Geliebten. Eine der Darstellungen zeigte sie sogar mit durchbohrter Stirn, vielleicht war das aber auch eine Übertreibung.

Der Schmerz unterschied grob zwei verschiedene Arten von Beschuß, den seitlichen und den frontalen, oder genauer, den Oberflächen- und den Tiefenschuß. Der erste ging nur durch die oberste Körperschicht, Haut und Gewebe, hob sie ein wenig von den Organen und Knochen ab. An einer Stelle schien ein Pfeil sogar unmittelbar unter dem ersten, noch durchsichtigen Hautfilm zum Stillstand gekommen zu sein. Über so viel Elastizität und Spannkraft konnte man sich nur wundern.

Der andere Schuß drang tief ein bis zur Rumpfmitte zum Beispiel, Extremitäten durchbohrte er vollständig. Die meisten Pfeile staken fest bis zum Schaft, und von dem einen war sogar nur noch die Befiederung zu sehen. Der Tiefenschuß erzeugte dumpf pulsierende Wundtunnel in verschiedene Richtungen, deren Verläufe sich immer dann schleunigst nachzuzeichnen begannen, wenn sie gerade in Vergessenheit zu geraten schienen; der Oberflächenschuß ließ die getroffenen Stellen und ihr Umfeld heiß und kalt zugleich aufbrennen.
Sie war fest verankert in diesem Gitterwerk aus Wurfgeschossen, die Hände dazu noch rückwärts um einen Balken – der auch einmal ein Baum war – gebunden. Natürlich, von hier aus beneidete sie manchmal jeden, der schon gestorben und in der Cloaca Maxima mit anderen – neben über unter ihnen – unidentifizierbar faulte. Trotz Schmerz und Angebundensein schien die Person aber keinen bleibenden Schaden davonzutragen. Sie dachte allerdings viel, manchmal redete sie auch laut darüber, und sie wußte sehr genau, daß sie für den Rest der Zeit ins Hintertreffen geraten war. Sie sah auch, und nicht nur im Spiegel, daß der Schmerz und sein Ausdruck sie verhäßlicht hatten und daß sie nur bewußtlos und schmerzfrei anerkannt wurde.

Nach jener ersten unvorhergesehenen Bewegung machte sie dann abends doch noch einen mühsamen Spaziergang. Dabei gingen ihre Augen, als wäre nichts geschehen, auf die unterschiedlichsten Bäume zu; es war ja zum dreiundvierzigsten Mal später Mai. Wiederholt verloren sie sich im Laubwerk, besonders dem der Silberweiden und Schwarzpappeln und kehrten nur widerstrebend und in immer längeren Abständen zu ihr zurück, als wäre da, zwischen Blatt und dem Rest, die Luft nicht auch nur Durchgangslager oder sang- und klanglose Fallgrube.

Sie durchliefen die steigenden und sich senkenden und auch den Horizont noch übertretenden Unendlichkeiten der Grüntöne, Schimmer, Stufen und Schatten, auf und ab und seitwärts, von anderen Farbstreuungen und -ansammlungen unterbrochen, aber nie festgehalten. Nur die unregelmäßig verteilten Blütenballen auf den Ästen der Rotdornbäume, wie schwere, von wäßrigem Blut vollgesogene Pappschneelasten kurz vor dem Abrutschen, übten eine größere Anziehungskraft aus. Aber auch sie ruhten ja in Wirklichkeit auf Grün.
Wie weit entfernt sie schon von ihren Augen war. Die Person mußte sie laufen lassen, auf diesen altbekannten Wegen. Und immer häufiger stolperten und stürzten und schlugen sie schließlich auch über ganze Kahlschläge oder einzeln, aber doch sehr zahlreich Abgestorbene hin.
Man konnte sie jetzt das Folgende zu sich selber sagen hören.
Es ist mir hier und überall zu eng und zu weit, zu bevölkert und zu menschenleer, zu hoch und zu niedrig zugleich. Ich müßte Standpunkt und Richtung aller Bewegungen ändern, aber ich laufe gar nicht mehr und stehe auch nirgends, ich bilde es mir nur manchmal noch ein. Das Passierte, das hinter mir Liegende müßte ich auswechseln, aber es ist vielleicht gar nicht passiert und geht mir nur zu Herzen und steigt mir zu Kopfe und wird zu meinem eigenen Kreislauf. Ich müßte die Tage und Nächte ändern. Ich muß raus.
Auch die Geliebten liegen schon lange hinter mir und an meinem entleerten Aufenthaltsort kann mich keiner mehr treffen. Hier läuft nichts mehr, nur ich noch wie in einem Traum, und ich muß jetzt auch einmal ein Ende haben. Ich sage es noch einmal und nur zu mir selbst: es sind nur Mauern da aus Stein, Luft und Menschenmassen. Meine Augen wurden nie müde, sie zu über-

sehen, damit es mir besser ginge. Ich bin aber meiner Augen müde, ich möchte, daß sie endlich so werden wie ich: glanzlose Altersmasse.
Ihr Kopf zuckte, sie hatte die Augen geschlossen und war so ein paar Schritte gegangen. Als sie in ihre Straße einbog, lag sie als perspektivische Verkürzung im eigenen Auge. Die Sonne ging in sich verflüssigenden Lichtwolken unter und die Person hatte mit allem aufgehört.

4.

Hier jetzt der stillstehende Ort, der alles aufgespeichert hat, für einen letzten anhaltenden Augenblick.
Ich gehe auf meinen Treffpunkt zu, höre Kinder lachen und schreien, einen schon tagelangen unruhigen Sommerwind durchs frische Laub jagen und es immer wieder aufbrausend durchwühlen. Ich komme an und werde wegen der herrschenden Lebensgefahr jetzt nicht mehr ich sagen.
Am Treffpunkt ist kein Boden unter den Füßen. Die Frau steht unbeweglich in der Luft, oder in der See, oder in den Ausläufern der entufernden Zeiten, vielleicht auch in einem Riß. Dies ist der Ort von allen Seiten.
ICH GEHE SCHWARZ EINHER, DOCH NICHT VON DER SONNE.
Erstickte, Abgestürzte, Ertrunkene, Verbrannte, Zerschlagene, Aufgeriebene und Aufgeweichte.
Alles je aus ihr ausgelaufene Blut muß die Frau noch einmal auffangen und aufsaugen. Alle ihr entfallenen Tränen muß sie noch einmal verschütten und wieder einschöpfen. Alle je getragenen Kleidungsstücke ihres Lebens muß sie aufsammeln und ungewaschen übereinanderziehen. Die Restwelt im Rücken. Man hört sie stöhnen, als ritte jemand auch hier noch über sie hinweg.

Aber in Wirklichkeit fällt ihr nichts mehr schwer; die Sicht ist zu klar. Und man muß sich auch weiter keine Gedanken machen; es handelt sich nur um eine Bildfläche, die die Frau gleich zum letzten Mal betreten wird. Hundertfünfundvierzig mal hundertfünfundachtzig Zentimeter Leinwandgrund, auf dem alles nur aus Farbe ist, das Sichtbare und das Unsichtbare, die Elemente, das Licht, Körper und Knochen, Ertönen und Verstummen, sogar Tränen und zwei bis drei Gefühle und eine heftige Bewegtheit.
Die Welt ist vollständig hier und nicht mehr bloß ein Lebensabschnitt. Beharrlich schweigt das Bild sich aus.
Sie steht noch da, hebt sich aus dem Stand und geht über ein paar bemooste Buckel und wenige spärliche Blüten. Sie erinnert schon nicht mehr, wie sie hergekommen ist, per U-Bahn, Bus, Auto, Flugzeug. Sie ist aber angekommen und sie zählt nicht mehr. Ave verum corpus. Endlich kann sich das Wissen über den ganzen Körper verteilen, ausgestreckt und verteilt über das ganze Bild.

Auf drei hintereinandergestaffelten Ebenen in heißer, versandender Landschaft, teils Geschichtswüste, teils Friedhofssteppe, spielt sich menschliches Leben ab. Dahinter Hügel- und Bergketten und Hochplateaus, durch ein breites Gewässer von allem Hier getrennt. Ob es, hin zu den anderen Ufern, noch Boote oder Schiffe gibt, ist nicht mehr genau zu erkennen. Es scheint aber kühl dort und frisch, und von einem gezackten Felsrücken über eine Schlucht hinweg zu einem Berggrat führt eine Brücke ohne Geländer. Sinnlos, sich in solcher Ferne zu verlieren. Sie ist nur ein kühlender Augenpunkt. Hingegen muß die Skala der Glühfarben durchlaufen werden, und erst wer die Weißglut passiert hat, wird aus dem Kreislauf entlassen.
Zuerst muß die Frau, wenn sie sich nicht schon gleich

zu Anfang neben dem Toten ausstrecken will, über ihn hinwegsteigen, den ganz vorn auf einem langen Steintisch quer ins Bild Gelegten. Ein Gehängter, Durchschlagener, Erstochener. Man sieht ihm weiter nichts an. Da gibt es nur diesen einen Rippenstich, einem sauberen Einschnitt gleich, und darunter die eingedunkelten Spuren des in mehreren parallelen Rinnsalen aus ihm herausgelaufenen, jetzt schon angetrockneten Blutes, und ein kleiner weichgeränderter, dunkler Krater im rechten, zur Seite gefallenen Fuß. Zwischen Leiche und Tischplatte ein helles feingewebtes Tuch, als sei angerichtet. Und dazu für Kopf und Geschlecht, die beiden Zentren dieses schon vergangenen Lebens, zwei kleinere Tücher mit Bordüren und Fransen. Mit dem hellen haben sie sein Geschlecht verdeckt, auf das grünblaue haben sie seinen bartlosen, leicht zur Seite geneigten Kopf mit der noch bewegt erscheinenden, von einem Mittelscheitel getrennten, welligen Haarflut gebettet. Beide Hände liegen entspannt und beruhigt auf seinem Körper, die rechte über dem Sonnengeflecht, die linke nah am Geschlecht, wie im besten und tiefsten Schlaf. Der Ermordete ist schon entfärbt. Alles in ihm und an ihm steht still, ruht erstarrt, macht nicht mehr weiter, bis zu dem Moment, wo die Fäulnis einsetzen und seine jetzt ganz und gar friedlichen und ebenmäßigen Gesichtszüge erst unmerklich verwischen und dann schnell von den Knochen abtragen wird. So daß auch sein Kopf den vier Schädeln unter dem Tisch zum Verwechseln ähnlich – haut-, haar- und fleischloses Einzelteil – werden kann. Er ist so schön, daß man sich neben ihn legen möchte. Die Frau möchte es. Vielleicht ist sie deshalb so oft auf ihn zugegangen. Damit auch ihr Augenpaar und ihre Erinnerung nach kurzem Stillstand in Fäulnis übergehen könnten. Silbrig bleich schimmert seine Haut, als schiene aus einer Nachtwolke, die die gesamte erste Ebene

randscharf beschattet, mitten am Tag ein extra Mond für den Toten und seine Begleiter und Grabbereiter, während ringsum die tägliche Hitze hell sich voranbrütet.
Die Frau bleibt nach den ersten Schritten schon stehen, zwischen dem Toten mit seinem neben dem Tisch liegenden oder schwebenden dunkelgrünen Mantel und der gerade geöffneten Grabkammer, viereckiger Sucherschacht vor wand- und bodenloser Schwärze und Abgrund in die Zukunft dieses Bildes. Eine andere Ruhe außer dieser kann nicht mehr über sie kommen, abkühlend nach der größten Glut und gegen die Sonne abgedeckt oder ihr entzogen.
Diese erste, vordere Ebene, leicht erhöht, auf der sich auch die wenigen Helfer eingefunden haben, gleicht einer schaumig ausgelaufenen und dann mitten in der Bewegung erstarrten und langsam zu feinem Sand gewordenen Woge. Überall noch die Spuren des träge zurückgeflossenen und dabei schon versickernden Wassers, überall auch das Strandgut der Gestorbenen: Knochen, Tier- und Menschenschädel, einzelne Unterkiefer, ein dorniger Kranz, Halbverwestes und von Haut gerade noch Zusammengehaltenes. Das Reiben von Stein gegen Stein ist zu hören, das Keuchen der beiden Männer, die die Grabtür mit aller Kraft ihrer Körper vor und zur Seite wuchten, das schwere Atmen des reichen Mannes, der ein metallenes Wasserbecken für die Waschung bringt. Sie arbeiten für den Toten. Sieben Menschenschädel liegen herum, sieben kleine weiße Blumen auf hauchdünnen Stielen wachsen bebend dem Kopf des Ermordeten entgegen, sieben rote Blüten trägt der eine Malvenstamm am Fußende des Tisches. Am Rande der Sandwelle ein Baum, an den gelehnt der halbnackte bärtige Hiob sitzt, eine uralte todmüde Wüste des Wissens. Er sieht an allem vorbei und durch alles hindurch, ob-

wohl der junge Tote seitlich vor ihm in seinem Blickfeld liegt.
Die Frau sagt in die gedämpften Geräusche hinein: Unglaublich, ein einziger Kuß konnte mich manchmal einen ganzen Tag lang retten. Von hier sieht alles so einfach aus, denn man will ja gar nicht mehr weiter.
Auf der zweiten Ebene, die wie das übrige im normalen Tages- und Sonnenlicht liegt, ereignet sich nichts, es ist schon alles geschehen und lange vorbei. Die Grabhöhlen sind geborsten, der bucklige Sandsteinfelsen, der sie barg, wird sich bald selber davonrieseln. Porös-brüchige Landschaftsknochen, noch gerade aufrecht stehend vor dem endgültigen Zerfall. Die alten Grab- und Denkmäler davor bröckeln dahin, verwittern oder lassen sich besamen und Kleinpflanziges an sich Wurzeln schlagen. Viele Schädel liegen hier säuberlich nebeneinander aufgereiht; da wollte einer Ordnung schaffen oder wenigstens dies dem Gräbergerümpel entreißen, bevor der Sandberg es mit sich begräbt. Denn hier ist auch der Tod schon nichts mehr als Trümmerstück und Schutt. Kein gerade Gestorbener, der noch eine letzte Aufmerksamkeit erfordert, liegt mehr herum. Nichts, das vor Augen führen könnte, daß jeder Tote auch einmal ein Lebender war. In den Höhlungen lehnen Grabplatten und Planken. Am Boden ein Durcheinander von Schädeln, Knochen, Gestein und Sand, und sicher die Exkremente der Grabräuber, die regelmäßig bei Einbruch der Dunkelheit auftauchen dürften.
Auch hier, vor den Gräbern, ein Steintisch, aber in drei Restteile zerbrochen, und ein junger langhaariger Mann, der aber lebt. Er kniet am Fuß eines verfallenden antiken Monumentes auf der Erde, stützt sich mit der linken Hand ab, während die rechte etwas aus einer Vertiefung im Boden schöpft, hebt, es aussortiert. Vielleicht sucht er Geschichte in kleinen Teilen zusammen. Er ist ja noch

jung, so federnd gelenkig kniet kein Alter am Boden, den Oberkörper weit vornübergebeugt; der Kopf, dicht über der Erde, ein aufmerksamer Sucher am genau nachmeßbaren Mittelpunkt dieser Leinwand. Er ist der Schnittpunkt der Diagonalen, unauffälliges kleines Herzstück, heimlich pulsierend unter dem roten Ärmelwams, das er trägt. Eines Tages könnte er alles erklären, würde er flüchtig, aber klar erkennbar einem sein Gesicht zuwenden – noch aus der Hocke, noch weiterhin beschäftigt – und etwas Erhellendes hinüberrufen in einer Sprache, die draußen vielleicht keiner mehr versteht.
In den mürben Rücken des Sandsteinfelsens haben sich ein paar schwindsüchtige, teils dürftig belaubte, teils schon abgestorbene Bäume und Büsche verkrallt. Bei jedem Windstoß wird der Sand zwischen ihren Wurzeln weniger werden, mit jedem Tropfen Regen wird er sacken, gleiten, nachgiebig mit hinunterfließen. Schon gibt es nur noch einen schmalen bewachsenen Grat und steil abfallende kahle Flanken aus Sand. Auch das ist bald vorbei. Die Sonne wird ein übriges tun. Neben die dünnen Bäume haben sie eine windschiefe, aus Holzlatten und Reisig gebaute Hütte gesetzt, einzige menschliche Behausung weit und breit. Viele Wetterumschwünge kann sie nicht mehr überstehen.
Durch ein großes Felsentor blickt man auf ein Stück eines gewundenen, weiter entfernten Weges und ein paar kleine, sich darauf fortbewegende Figuren. Es ist ein Durchblick auf die dritte Ebene, und er bestätigt, daß ein langer sich windender Weg das gesamte Bild von einem Ende zum anderen durchzieht. Unzählige Krieger, die meisten zu Fuß und auch einige zu Pferd, bewegen sich auf dieser Linie voran, in der Tiefe des Hintergrundes am Wasser und dann hinter den Grabhöhlen entlang, hin zu dem End- und Höhepunkt links oben, einer Hügelkuppe mit drei Kreuzen. Kein Seitenblick, keine

Drehung des Kopfes. Sie gehen immer zur Arbeit, die eine, gerade getane, im Rücken, die neue, auszuführende, vor sich.
Sieben Frauen, die einzigen hier, sind dabei, das Bild rechter Hand über das entgegengesetzte Ende des Weges zu verlassen. Die Kreuzesgruppe auf dem Berg weit hinter ihnen – von dort kommen sie – besteht aus insgesamt sieben Balken; der siebente stützt das größte Kreuz, das, an dem der jetzt Ausgestreckte eben noch festgenagelt gehangen hat, hinten ab. Ganz vorne auf dem Weg, fast schon am rechten Rand der Leinwand angekommen, hält eine weinende Frau eine andere, die ohnmächtig zusammengesunken ist. Die weiten Kleider und Umhänge, grün mit Gold bestickt, blau und rot, bauschen sich über ihre nebeneinanderkauernden Körper, verbinden sich zu einem Tücherzelt, unter dem die Frauen wie zusammengewachsen auf dem Weggrund ruhen. Nur der Baum am Rande der ersten Ebene ist noch zwischen ihnen und dem Toten, der Baum, an den gelehnt Hiob sitzt, und der einen fast völlig kahlen Ast und den Stumpf eines anderen, abgeschlagenen Astes über den an dieser Stelle aus dem Bild führenden Weg streckt, während das dunkelgrüne üppige Blattwerk seines Hauptstammes hoch in die Luft ragt. Von allen Bäumen ist nur er dichtbelaubt, als wäre nur ein Toter, ein Alter und das abgeschattete bleiche Licht dieses Sterbeterrains einem Baum noch bekömmlich. Die anderen Frauen folgen, teilweise noch von Bodenwellen verdeckt, immer zwei zusammen gehend, nach. Nur eine, die einzige mit unbedecktem langem Haar, ein Salbgefäß in der Hand, kommt allein.

Auch wenn die Frau hier noch einmal herauskäme und das Ganze von außen betrachtete: sie kann sich immer wieder nur dem Ausgestreckten zugesellen. Alles

andere führt zu nichts, ist mühselig und immer das gleiche.
Von einigen Totenschädeln aus gesehen – sie sind die einzigen, die hinausblicken – scheint es außerhalb des Bildes etwas zu geben, das sie vielleicht wiedererkennen würden und das sie mit ihren Augenhöhlen immerzu anschauen. Ja, die Richtung stimmt. Blind, augen-, haut- und fleischlos tasten ihre Blicke den Raum ab. Wie der Flügelschlag unsichtbarer Schmetterlinge wäre es zu spüren. Und wer einmal mit verschränkten Armen vor dem Bild steht, wird unweigerlich sich selbst erkennen und sich zusehen können: inmitten des Toten- und Geschichtsgerümpels nämlich, da, wo sich schon lange nichts mehr ereignet, an den Sandfelsen gelehnt, ohne Gleichgewichtsstörungen und ganz entspannt mit verschränkten Armknochen, ein aufrecht stehendes, vollständig erhaltenes Skelett mit lose aufliegenden und herabhängenden Hautresten.
Sie will nicht mehr sehen, aber das Bild kommt nicht mehr los von ihr. Es schwimmt in ihren Blicken mit, ist ihren Augen elastisch verhaftet, wohin sie auch kuckt, und noch bei geschlossenen Lidern geben seine Farben nicht nach, im Gegenteil fangen sie erst richtig an zu glühen, wenn sie in ihre eigene Schwärze blickt.
Am deutlichsten tritt dann aus dem Dunkel ein Mann hervor, der sich wie alle anderen Männer auf dem Weg in dieselbe Richtung bewegt. Er befindet sich aber noch ganz am Anfang, eine Randfigur, noch vor den zusammengesunkenen Frauen sogar, deren Gegenüber er auf diesem Wegstück ist. Sie kann ihn immer nur von hinten sehen, nie dreht er sich um, sein langes gelocktes Haar, den durch die Bewegung seines Körpers in Falten und Knicke sich legenden, verblichen karminroten Überwurf, seine nackten Waden und Fersen und seine rechte, sich vom sandigen Boden gerade abhebende Fußsohle.

Er ist kein Krieger, er geht auch nicht zur Arbeit. Er verhüllt aber sein Gesicht und hält sich die Ohren zu. Er weiß wohl überhaupt nicht, wohin er und was er noch mit sich soll. Der einzige Mann unter allen anderen hier, der seine Bewegung und Erregtheit noch nicht ins Unsichtbare abdrängen kann, für den man fürchtet, daß er seine Trauer um den jungen, fast gleichaltrigen Ermordeten nicht aushält; der vielleicht erstarren, den zwei Felssäulen am Wegrand vor ihm gleich werden möchte, um nicht mehr das fühlen zu müssen, was die Frauen ihm gegenüber weinen und zusammenbrechen läßt. Zwei an einem kräftigen Stiel gewachsene Malvenblüten hinter ihm, am vorderen Rand der Sandwelle, halten es aus. Sie sind von demselben Rot wie sein bewegter Überwurf. Eine der Blüten ist zu ihm hin gewachsen, die andere zum Steintisch mit dem Toten. Ein bis auf weiteres in unterschiedliche Richtungen blickendes und sie umfassendes Augenpaar.
Die Frau ist diesem Mann noch ein zweites Mal begegnet, aber auf einem anderen Bild und in einem anderen Land. Wieder konnte sie ihn nur von hinten sehen. Wieder war er der einzige Mann unter vielen, der nichts anderes bei sich hatte als seinen mühsam innegehaltenen Aufruhr; diesmal vor einer quer im Bild aufgebahrten toten Frau. Dort trug er ein dunkel smaragdgrünes Gewand.

Es wird sie nicht mehr verlassen. Eher müßte sie sich selber zu entweichen suchen; von einem erhöhten Punkt aus, von dem sich alles ungerührt überblicken ließe, weil die Entfernung das Sichtbare verkleinert und entschärft. Von oben herab gesehen würden das gerade Geschehende sowie die Beweise und Spuren des Geschehenen und dessen, das schon lange vorbei ist, sich zu einem Muster zusammenfügen, einer Art Landkarte, auf die man nur

selten und unbeteiligt schaut. So könnte man sich endlich ungestört mit ganz anderem beschäftigen, wie die zwei Männer dort auf dem Felsen direkt über den Grabhöhlen, die sich nicht umblicken und sich nicht kundig machen. Die verschiedenen Ebenen, die Toten und Lebenden, die arbeitenden Männer und die sich entfernenden Frauen, alles haben sie im Umkreis unter sich. Es sind Schafhirten. Der eine steht an einen kahlen, gespaltenen Baum gelehnt und spielt die Schalmei. Der andere sitzt ihm gegenüber auf der Erde, hört zu und sieht vielleicht auf die Tiere zwischen ihnen. So einander zu- und allem sonstigen abgewandt und auf ein anderes hörend, ohne Einmischung oder Gefühlsverschleiß, entsteht eine schwebende Ungreifbarkeit, eine unsichtbare Leiter zum Entsteigen.
Es ist schön und ich habe Angst.

Anne Duden, 1942 geboren, Kindheit in Berlin und DDR, lebte von 1953 bis 1962 in Oldenburg, dann in Berlin. Seit 1978 vorwiegend in London.
Übergang. Berlin 1982 (Rotbuch 261).

Lektorat dieses Bandes: Uta Ruge

Hinweise

S. 19: Claudio Monteverdi, Pianto della Madonna, aus: *Selva Morale e Spirituale*.
S. 25, 27: Claudio Monteverdi, Combattimento di Tancredi e Clorinda.

S. 20/21, nach: Von Sanct Marcus dem Evangelisten. Aus: Die Legenda aurea des Jacobus de Voragine, Heidelberg 1979.
S. 23/24: Kitty Hart, Autorin von *Return to Auschwitz*, London 1981, in einem Gespräch.
S. 29/30: Dokument Nr. 282 aus dem Katalog: Konzentrationslager Dachau 1933-1945. Herausgegeben vom Comité International de Dachau, 1978.
S. 31: Von Sanct Petrus dem Märtyrer. Aus: Legenda aurea.
S. 34: Kommandant in Auschwitz. Autobiographische Aufzeichnungen des Rudolf Höss. Herausgegeben von Martin Broszat. dtv-dokumente.
S. 44-46: Dokument Nr. 294 aus dem Katalog: Konzentrationslager Dachau 1933-1945.
S. 62/63: Dokument Nr. 297 aus dem Katalog: Konzentrationslager Dachau 1933-1945.
S. 66: Himmler in einer Rede bei der SS-Gruppenführertagung in Posen am 4. 10. 1943.

Bilder

Jacopo Tintoretto, *Überführung des Leichnams des hl. Marcus.*
Venedig, Galleria dell' Accademia

Vittore Carpaccio, *Der hl. Petrus Martyr.*
Venedig, Museo Correr

Vittore Carpaccio, *Geburt Mariae.*
Bergamo, Accademia Carrara

Vittore Carpaccio, *Meditation über die Passion Christi.*
New York, Metropolitan Museum of Art

Vittore Carpaccio, *Grabbereitung Christi.*
Berlin, Gemäldegalerie
Staatliche Museen Preußischer Kulturbesitz

Jacopo Tintoretto, *Überführung des Leichnams des hl. Marcus*

Vittore Carpaccio,
Der hl. Petrus Martyr

Vittore Carpaccio, *Geburt Mariae*

Vittore Carpaccio, *Meditation über die Passion Christi*

Vittore Carpaccio, *Grabbereitung Christi*